# 在羊身上写字

尤今眼中的世界

[新加坡] 尤今 著

海天出版社
·深圳·

**图书在版编目（CIP）数据**

在羊身上写字：尤今眼中的世界 / (新加坡) 尤今
著. — 深圳：海天出版社, 2020.6
（尤今小语系列）
ISBN 978-7-5507-2855-4

Ⅰ.①在… Ⅱ.①尤… Ⅲ.①游记－作品集－新加坡
－现代 Ⅳ.①I339.65

中国版本图书馆CIP数据核字(2020)第031226号

图字：19-2019-159号

**在羊身上写字： 尤今眼中的世界**
ZAI YANG SHENSHANG XIEZI: YOUJIN YANZHONG DE SHIJIE

| | |
|---|---|
| 出 品 人 | 聂雄前 |
| 责任编辑 | 岑诗楠　胡小跃 |
| 责任校对 | 聂文兵 |
| 责任技编 | 梁立新 |
| 装帧设计 | 龙瀚文化 |

| | |
|---|---|
| 出版发行 | 海天出版社 |
| 地　　址 | 深圳市彩田南路海天综合大厦（518033） |
| 网　　址 | www.htph.com.cn |
| 订购电话 | 0755-83460239（邮购、团购） |
| 设计制作 | 深圳市龙瀚文化传播有限公司 0755-33133493 |
| 印　　刷 | 深圳市晶宇印刷有限公司 |
| 开　　本 | 889mm×1194mm 1/32 |
| 印　　张 | 6 |
| 字　　数 | 110千 |
| 版　　次 | 2020年6月第1版 |
| 印　　次 | 2020年6月第1次 |
| 定　　价 | 42.00元 |

我的心，常常听到一个温柔的呼唤声。

那是地球上一个个陌生的国家所发出的呼唤。

这呼唤声，被一层层灿烂的金光包裹着。

于我而言，每一个国家，都是熠熠发亮的个体，充满了难以抗拒的大魅力；每一个国家，也都拥有着绝难复制的独特个性。

每一趟旅行，都可以说是一项让人心醉神迷而又自我充实的美好历程。

非洲是世界面积第二大洲，分布其上的独立国家和地区多达五十九个；然而，每回提及"非洲"这两个字，一般人都会双眉紧蹙地把它和贫穷、落后、邋遢、危险等词语画上等号。负面形象宛若阳光下的影子，摆脱不掉。

1984年，一百余万人死亡的大饥荒，使埃塞俄比亚变为一个哀鸿遍野的人间地狱。

1994年，约一百万图西族人在百日之内惨遭杀戮的"灭族大屠杀"，使卢旺达沦为一个血流成河的人间地狱。

1

这些惨绝人寰的事件，化成了人们记忆里的魑魅魍魉。

当我准备到非洲旅行时，好友们都用难以理解的目光看着我，问道：

"旅行是赏心悦目的事儿啊，你干吗要去非洲自寻苦头，花钱买难受呢？"

好友们不知道，实际上我是听到了那一声声金色的呼唤而动身的；结果呢，非洲这一趟旅行，成了我记忆之库闪烁生光的瑰宝。

埃塞俄比亚委实是一个"活的惊叹号"啊！

这个咖啡的原产地，有着八十个不同的部族，部族之间和谐相处，人与野兽之间和平相容，处处带给人难以忘怀的惊喜；然而，与此同时，唇盘族和哈莫族等少数部族延续至今那极端残酷的古老风俗，却又带给人难以释怀的惊怵。圣城拉利贝拉那种鬼斧神工的辉煌大气派让人目瞪口呆，然而，与此同时，许多原始部族那种贫无立锥之地的穷困，却又让人摇头叹息。这个充满了矛盾的国家，留下了许多让人探索与思索的空间。游客就在这万花筒似的斑斓里，浮沉于一个个惊叹号与问号之间。

卢旺达是一个带给人意外惊喜的地方。

"灭族大屠杀"的发生，距离现在只有短短的二十多年，原以为卢旺达依然满目疮痍、百废待举，没有想到，它居然已经成了浴火重生的凤凰。首都绿树普植，市容整洁；高楼耸立，车水马龙。千娇百媚的花卉，热热闹闹地栽种在大路两旁；如花般灿烂的笑容，也热热切切地黏在人们脸上。"灭族大屠杀"的阴影，就像是阳光下的水分，彻底地蒸发了。让我深深感动的，是胡图族与图西族之间融洽无间的相处，还有，彼此相互扶持的温暖。是他们忘记了曾经有过的仇恨与杀戮吗？不，他们不曾忘记，他们也不准备忘记——在首都基加利的"大屠杀纪念馆"里，就通过许许多多令人惨不忍睹的照片、文字和纪录片，重现了"灭族大屠杀"的真实情况。有关当局不隐瞒血淋淋的历史，是因为他们要以此作为前车之鉴，记取那让灵魂也颤抖的痛苦经验。不能忘，也不要忘。如今，两族在政府等多方努力下，原谅彼此，展开全新的生活。一名劫后余生的图西人，便以理智而又成熟的语调说道："在报复和原谅这两者之间，我选择后者。如果我在国土里种植恨的种子，恨会像蒲公英，到处飞扬，生生不息。倘若我种植的是爱，爱会成树、成林，给人绿荫，让人乘凉。"现在的卢旺达，便是一个"绿荫"处处的地方。

《在羊身上写字》一书，收集了我旅游非洲三国——埃塞俄比亚、乌干达、卢旺达的三十三篇游记。

2014年，在新加坡玲子传媒的穿针引线下，我与中国深圳海天出版社展开了美好的合作关系。迄今为止，海天出版社已经为我出版了四套（总共十一部）作品，包括游记、小品文、传记。现在，又将推出第五套（总共五部）作品，包括两部游记（《在羊身上写字》《高加索牧人》）、三部小品文（《游走世界寻访自我》《孩子，我们一起学习》《一日美好一日新》）。感谢海天出版社，感谢胡小跃主任，这种圆融美好的合作关系，常常让我心怀感激。

尤　今

2019年7月25日

目 录

1

[第一章]

# 埃塞俄比亚

一提起埃塞俄比亚（Ethiopia），人们便不由自主地将它和"饥荒"一词联系起来。多年以来，饥荒犹如魑魅魍魉，紧紧纠缠着东非这个极端贫穷的国家。1984 年，严重的旱灾使它再次陷入全球瞩目的饥荒中，一百余万埃塞俄比亚人因此丧生。在惨不忍睹的新闻照片里，饥民像是只剩一副骨架，脸上的肉全都没了，只剩下一双睁得极大极不甘心的眼睛；在那比纸张更薄更扁的身体上，嶙峋肋骨历历可数，宛若从地狱里爬出来的幽灵。

距大饥荒已过了三十余年，埃塞俄比亚这个饱受摧残的国家，是不是已经恢复了元气？或者，仍在苟延残喘？

2017 年 6 月，怀着好奇与探索之心，我飞抵于此。

驻足的第一站，是首都亚的斯亚贝巴（Addis Ababa）。

高楼耸立，陋屋却也为数不少。欠缺维修，市容极为破落；阵雨过后，坑坑洼洼的马路积水处处，污泥四溅。摊贩和擦鞋童，是颓败街景的一部分；乞丐和流浪汉，如蚁附膻。然而，从到处大兴土木的景象看来，这个地方，却又绝对不是一摊停滞不动的死水。它在贫穷的夹缝里，很努力地把曙光引进来……

和当地人攀谈，发现他们都为自己的国家感到无比自豪。

在 1895 年，强大的统治者孟尼利克二世还曾击败强势入侵的意大利呢！ Adwa 这个象征着"凯旋"的战场，迄今还较好地保存着以供人瞻仰。在 1936—1941 年间，埃塞俄比亚曾被意大利占领五年，意大利除了在此铺设了一些道路，建设了一些巍峨的大楼之外，便只留下了意大利面条和馅饼。

由于从未成为西方国家的殖民地，许多古老的传统和文化得以保存和传承。最让我震撼的是，埃塞俄比亚人迄今居然还在使用自己独特的历法！

教育是非洲的曙光

　　到亚的斯亚贝巴大学去参观，校门口的告示牌上，清清楚楚地写着："2008 年毕业典礼"，许多戴上方帽子的学生，兴高采烈地拿着刚刚领取的毕业证书，在校园四周拍照留影。我诧异地向一名毕业生探询："你们怎么迟至 2016 年才为 2008 年的毕业生举行毕业典礼呢？"知道我是外来游客，他耐心地解释道："埃塞俄比亚使用的是古老的历法，比国际公历晚了七年零八个月。此外，我们一年总共有十三个月，其中十二个月有三十天，第十三个月则只有五天。"我听得目瞪口呆，他幽默续道："根据这历法，每个到访埃塞俄比亚的人，都无端端地年轻了七岁多呢！"哈哈，我顿时乐得眉开眼笑。

在埃塞俄比亚，就连时间的计算方式也不一样，所以，和当地人对话时，我常常得清清楚楚地问道："你根据的，是你们的时间，还是国际的时间？"一旦弄错，无论大小事情都会被贻误哪！

许久以来，饥荒和贫穷所导致的负面印象，加上长期的自我封闭，致使游客裹足不前。然而，到此旅行之后，我却发现，埃塞俄比亚其实是个充满魅力的国家。它历史悠久，底蕴深厚，拥有多达八个世界文化遗产。由南而北，秀丽风光变化无穷，高原、盆地、平原、沙漠、湖泊，看之不尽。此外，八十余个不同的部族，依循古老传

童真

统以自己独特的方式过活，活出了让人目不暇接的精彩。

在埃塞俄比亚的每一天，都是一个"惊叹号"——惊喜、惊艳、惊奇、惊险、惊异、惊骇，都有，真可说是一项"惊心动魄"的旅行啊！

服饰缤纷的非洲土著

美丽的非洲土著

# 唇盘族的心声

那天早上，忐忑、紧张、好奇、兴奋、害怕，这种种毫不协调的情愫，化成了多条滑溜溜的水蛇，在我心房里窜来窜去，我的脸也因此变得时阴时晴。

我们一大早便出发了，车子驶经泥泞狭窄的马果国家公园（Mago National Park），颠颠簸簸地驶向坐落于奥莫山谷（Omo Valley）的摩尔西（Mursi）族①唇盘部落。

出发的前一天，这位经验丰富的埃塞俄比亚导游兼通译员图福告诉我们，摩尔西族脾气暴戾，又爱酗酒，下午劳作回来后，便三三两两地聚在一起，沉溺于杯中物。他们多数拥有枪支，一旦喝醉，行为便会变得粗野暴烈。为策安全，我们必须在清晨到访那儿，因为上午时分许多男子外出耕作和放牧，部落里以妇孺居多。

埃塞俄比亚有八十余个不同的部族，其中最引人瞩目的，当属唇盘族了。根据估计，唇盘族人口有一万余人，目前，还有许多女子保留着在嘴唇上嵌入盘子的古老习俗，它是一种活的习俗。

① 摩尔西族，位于非洲埃塞俄比亚。摩西族女性常把下嘴唇拉长透空，装上盘子，故又被称作"唇盘族"。

唇盘族女人喜欢把自己打扮成一棵圣诞树

我们到访的这个名字叫作梅莎（Mesha）的村庄，便是唇盘族聚居之处了。远远地，便看到了在干裂的泥地上，疏疏落落地散布着邋遢简陋的圆顶茅屋。一走近，一看到眼前那手执冲锋枪的唇盘女子，我的脑子，瞬间短路。啊，这个嘴唇严重变形而唇间沉甸甸地挂着一个大泥盘的女子，真的是现实世界里活生生的人吗？此刻，这个赤着上身而脸上涂满白色图案的女人，正以毫不友善的目光冷冷地盯着我。我呢，看着她的唇，心里好似被蜜蜂蜇了，一下，又一下，再一下，辣辣地痛。哟，这个部落的女子究竟必须经历怎样一种惨绝人寰的血泪折磨，才能成就这种畸形的"美"？

古代的摩尔西妇女嵌盘入唇，据说是有个万不得已的理由的。当时，摩尔西族的男子和其他部族作战而败下阵来时，部族里的妇女常常被掳走。为了防止这样的悲剧一再发生，摩尔西族便以极端残酷的方式，把本族的妇女加以丑化。变成了"唇盘族"的女子，样子诡异如鬼魅，其他部族的男人便不会染指了。大家都不曾意料到的是，旷日持久，族人对这些"丑女"愈看愈顺眼、愈顺眼则愈觉得美，后来，"嵌盘入唇"竟然变成了一种审美的标准——盘子越大，颜值越高，女子所能得到的聘金也越多。这个古老的风俗因而得以代代沿袭，成了摩尔西部族女子趋之若鹜的"时尚追求"。

"嵌盘入唇"的整个过程是充满了血腥的，摩尔西族的少女到了十五六岁时，巫医便会用刀心狠手辣地将她们下排的牙齿敲掉两枚，切断下唇和牙龈之间的联系，然后，以一根小小的木枝把切口大大地撑开。那种贯彻心扉的痛，无异于地狱的历练。等伤口愈合后，便塞入小盘子，随着年龄的增长，渐次更换大盘；最大的盘子，直径足足有二十五厘米！换言之，痛楚和痛苦，是伴随着摩尔西族的女子成长的！由于卫生水平低下而又没有医疗设备，少女在动手术后受感染的例子屡见不鲜，更有人因此而丢失了性命。

有些唇盘族，还将"美丽"延伸到耳朵——将耳朵拉长、镂空，置入盘子；结果呢，嘴唇嵌一个盘子、双耳嵌两个盘子，累累赘赘，却又满心欢喜。

大大小小的唇盘，多以泥土烧制而成，糅上红、黑、白、褐各种色泽，上面还画着各种不同的图案和花纹，花里胡哨的，十分妖娆。经济能力较好的女子，会同时拥有许多可供替换以展示美丽的唇盘，我就曾在一所茅屋里看到高高地摞着的十多个唇盘。另外，也有些人喜欢使用较为轻巧的木质唇盘。平时，她们不惮其烦而又得意洋洋地把唇盘挂在唇上，招摇过市，只有在吃饭和喝水时才取下。取下唇盘后，呈长条状椭圆形的下唇，便像一条弯弯的香肠，松垮垮地垂挂在下巴前，看起来十分诡异。

在许多唇盘族的手臂上，我发现刀子留下的累累伤痕，原本以为是殴斗的结果，图福却告诉我，以刀自残以展现另类美丽，也是唇盘族的风俗之一，真是匪夷所思啊！

随着当地政府的一再呼吁、劝诫、教育，现在，已有一大部分的摩尔西族女子渐渐觉醒，不肯再接受"嵌盘入唇"的这种"酷刑"了；但是，保守地估计，迄今大约还有四成的摩尔西族人坚持保留这种古老的习俗。图福说，

这位年轻的摩尔西族女子不愿遵循盘唇的传统

政府软硬兼施，都无法改变她们坚如磐石的观念，于是，只好在部落村庄里设立诊疗所，由专业医生为她们执行手术，借以降低有关手术的危险性。

摩尔西族父子

摩尔西族目前还遵循"一夫多妻"的制度，以梅莎村庄为例，酋长总共拥有五个妻子，三十二个孩子。他得意洋洋地表示，他的每一名妻子，都是以一把枪和多头牛为聘金换来的。图福笑嘻嘻地说："酋长是个不折不扣的大土豪呢！"看到部族里许多人都拥有冲锋枪，我吃惊地问道："在埃塞俄比亚，拥有枪支是合法的吗？"图福摇头应道："过去，摩尔西族以狩猎为生，枪支是必要的。现在，改在丛林里放牧，万一遇上猛兽，枪支便能起着保卫的作用——既能自卫，也能保卫牲畜。由于拥有枪支是一种必要，因此，政府便没有强加管制了。他们的枪支多数购自邻国南苏丹。"

到访唇盘族部落的最大禁忌是未经同意便随意举起相机到处乱拍。

图福再三地嘱咐我："你可以拍照，但是，必须事先征求他们的同意，而且，必须付费。每拍一张照片，收费五比尔（折合新币三毛半①）。如果同一张照片里有十个人，那么，你得付费给每一个人，合五十比尔。"

图福透露，有一回他带一名美国人到访唇盘族部落，那名美国人偷拍被发现后，死活不肯根据规矩付费，结果，差点被摩尔西族人围殴！图福说："他们有枪呢，我最担心的是，在气头上，他们可能会丧失理智而干出蠢事！"

我发现，在拍照这一码事上，唇盘族果然是锱铢必较的。对于外来访客，他们态度极其冷漠，一双双流露着凶气的眼睛，好像猎犬一样，紧紧地盯着我们的相机和手机，不允许任何的"轻举妄动"。对于她们来说，拍照就等同于赚钱；拍照不付费，就如同赖账；而对付赖账的人，他们是绝对不手软的。就算有时不是有意"犯规"，他们也绝不放过。

比方说，我看到三个小孩坐在地上玩耍，憨态可掬，便拍了张照片，每人给了五比尔；正想走开时，远处一个女人忽然冲了过来，粗声粗气地对着我叫嚣。图福说："你没给她钱。"我说："我根本没拍她啊！"图福说："她说你的相机朝着她。"我把照片拿出来检查，结果发现我模模糊糊地拍到她远处的一双脚，嘿嘿，只好照付啦！

① 换算均按作者写作时汇率计算。

在其他国家，许多原始部族都很淳朴、很热诚、很友善，但是，摩尔西族却恰恰相反。我对图福表达了内心的失望，然而，图福却重重地叹了一口气，说："摩尔西族今日不讨喜的面貌，其实正是游客导致的。"在我好奇的追问下，图福通过生动的叙述，将摩尔西族复杂的内心世界进行了赤裸裸的剖析。

远在 20 世纪 70 年代，英国有位探险家进入了奥莫山谷偏远闭塞的丛林里，无意间发现了那儿有个不为人知的"小王国"。这是摩尔西族聚居的地方，他们用茅草、干牛粪和树枝搭建简陋的房屋，以狩猎、畜牧和种植高粱、玉米为生，自给自足地过着与世隔绝的生活。他们有自己的国王，使用自己的语言（有口语而无文字）；最绝的是，

唇盘族就居住在这些简陋的茅屋里

他们根本不晓得自己的国土是属于埃塞俄比亚的！

唇盘族的发现，犹如一个爆开的巨型炸弹，把世人的好奇心全都撩起来了。

从 20 世纪 80 年代开始，这个原本游客绝迹的地方，开始涌来了窥探隐私、说三道四、评头论足的人。随之而来的，是怜悯、轻蔑、嘲讽和讥笑。

图福深沉地说道："过去，僻居世界一隅的摩尔西族，不闻市嚣但却自得其乐，单纯而又满足。然而，游客的到来，使他们认知的世界彻底被颠覆了。他们在游客锐利而又不留情面的眼睛里，看到自己的贫穷、落后、邋遢、无知、一无所有。自惭形秽的他们觉得无所适从，在那无法逃避的狼狈与痛苦里，许多摩尔西族人染上了酗酒的恶习，酒后频频闹事，又给外界留下了凶悍野蛮的负面印象，形成了恶性循环。"

让摩尔西族十分生气而又不满的是游客恣意拍照的行径。游客枉顾他们的感受，近距离左一张右一张地拼命按着快门时，他们强烈地感觉，自己已经沦为了给别人提供娱乐的怪物。游客们拍拍拍、拍拍拍，拍完了，拍拍屁股便走掉了，让他们觉得自己连动物也不如。他们说："去动物园看动物，还得买门票呢！"

一个唇盘族女子说得好："是的，游客都觉得我们凶悍、蛮不讲理、没有人情味。他们说，他们远道而来，拍了些照片，我们便不依不饶地讨钱。但是，他们是否了解，那是我们保持自我尊严的一种方式！那也是我们阻遏他们狂拍滥拍的一种自我保护的方式。我们不是物品，我们只是根据自己的传统来过活的一小群人，难道我们不可以像过去一样，安安静静地生活？游客，实际上是偷走我们宁静生活的贼啊！对这些明目张胆的贼，难道我们还得笑脸相迎吗？"

唇盘族的心声，有谁听得到呢？就算是听到了，又有谁会放在心上呢？

那天，离开唇盘族部落时，我在她们冷漠的眼神里，看到了一抹不易觉察的痛楚……

在人潮熙来攘往的闹市里，有几名青年懒洋洋地坐在地上，身旁放了一束束连茎带叶的绿色植物，在他们口沫横飞地高谈阔论的当儿，不时伸手将一片片的嫩叶摘下，放进口里细细咀嚼，咀嚼时双眸湛湛生光，样子极为亢奋；而那一串串从嘴里流出来的话，也是绿光闪闪的。

此刻，他们津津有味地咀嚼着的，是一种被埃塞俄比亚人称为"Khat"的叶子。Khat 没有正式的中文译名，有人音译为"咖特叶""卡塔叶""恰特叶"等，有人索性把它叫作"东非罂粟"；而我，觉得根据它的性能而称之为"忘魂叶"是最恰当不过的。在本文里，姑且就称之为忘魂叶吧！

哈勒尔许多青年随意躺在闹市里嚼食忘魂叶

忘魂叶内，含有兴奋物质卡西酮，嚼食后会暂时迷失自我，产生一种"无所不能"的错觉。这东西，嚼食后容易上瘾，难以戒除。

忘魂叶原产于埃塞俄比亚，据说远在 10 世纪左右，当地人便已经发现嚼食它能抵抗疲劳和饥饿，所以，在东部城市哈勒尔（Harrar）大量栽种，哈勒尔因此也就变成了生产与嚼食忘魂叶的"大本营"了。

保守地估计，拥有十多万人口的哈勒尔，至少 70% 的居民有嚼食忘魂叶的习惯。忘魂叶能让人精神抖擞、精力充沛，因此，体力劳动者都借着嚼食忘魂叶为自己补充精力。在宗教仪式上，忘魂叶是供奉神明的虔诚祭品；在社交生活里，忘魂叶就好像是快乐的因子，举凡亲朋好友上门到访或在外聚餐，大家人手一束忘魂叶，边嚼边谈，话语都镶上了笑声。当地许多小店，供应忘魂叶，让人上门享用。

哈勒尔一名居民告诉我，忘魂叶的最佳"伴侣"是香烟，嚼食忘魂叶之后，一烟在手，在吞云吐雾间，烟味的辛辣和叶儿的甘苦在舌面上相互厮缠，双重享受，喜乐加倍。我心里默默地想："嘿，这不正等于双料自杀吗？"

在哈勒尔集市里，售卖忘魂叶的摊贩随处可见。有趣的是，忘魂叶的摊子旁，一定有另外一个售卖花生米和白糖的小摊子。当地人告诉我，忘魂叶味道苦涩，如果能够

忘魂叶在批发市场发出绿色的呼叫声

和香喷喷的花生米与甜滋滋的白糖同吃，能够诱使忘魂叶释放出原本深深潜藏着的那一股甘味，每一口都足以令人销魂，愈吃愈爱，愈爱愈吃，欲罢不能。

到忘魂叶批发市场去，哎哟，一束束、一扎扎、一捆捆、一袋袋、一篓篓，清一色全都是忘魂叶、忘魂叶、忘魂叶，绿色的呼叫声铺天盖地。

忘魂叶和人一样，也是良莠不齐的。质优者翠绿，嚼食时，可以将嫩嫩的叶连同细细的茎一起吞咽，每公斤售价是 250 比尔（折合新币 18 元）。质劣者色泽暗沉，粗糙、易碎，只能摘叶而食，每公斤仅售 80 比尔（约 5.75 新元）。当然，在零售市场，售价可就高得多了。

一般农户只能买价廉者嚼食，为求"物尽其用"，他们在享用了叶子之后，还把不能入口的长茎丢给圈养的羊儿吃，羊儿上瘾之后，一天无此君不欢。我就曾在农家看到一头不停地跳跃的羊儿，最初还以为它患上了"多动症"，但该户人家却笑嘻嘻地告诉我，它们刚刚吃过了忘魂叶的茎儿，正兴奋着呢！

让我觉得不可思议的是，在哈勒尔古城里，居然有一个专为学生而设的"忘魂叶集市"！为了迎合学生的消费能力，这儿出售的，全都是劣质价廉的忘魂叶。许多青少年三三两两地前来，左一扎、右一扎地买了带回家去。

我诧异地向当地居民莫哈敏探询，家长怎么会放任未成年的孩子嚼食类似兴奋剂的忘魂叶呢？

莫哈敏表示，嚼食忘魂叶，能让人精神高度集中，思路清晰、思维敏捷，学习因而得以事半功倍。鉴于此，当地父母亲在孩子年届十六而升读高校时，便给钱让他们去买忘魂叶嚼食。此外，忘魂叶也能够很好地联系两代间的感情，父母和孩子坐在一起兴致勃勃地同嚼

专为学生而设的忘魂叶集市

忘魂叶，情绪高昂、心情特好，许多原本密封在心底的话，源源不绝地"倾巢而出"，代沟往往也就消弭于无形了。有时，孩子在外面碰到不如意的事而导致情绪低落，父母也会给他们额外的零用钱，让他们多买一点忘魂叶来嚼食。

千百年以来，忘魂叶主宰着哈勒尔居民的生活，然而，根据医学原理，嚼食忘魂叶，绝对是弊多于利的。忘魂叶虽然有补充体力、提神醒脑的功效，但是，那却都是假象。在嚼食过后的八个小时，效力隐退，嚼食者往往会觉得忧郁沮丧，思维混乱。为了振奋精神，他们必须继续嚼食。而长期嚼食，会残留许多后遗症——轻者欠缺胃口，慢慢地会因营养不良而全面降低免疫能力，有者甚至罹患厌食症，百病趁虚而入；重者呢，血压飙升，从而引发心血管疾病，终日罩在死亡的阴影内。

看起来神清气爽的莫哈敏，是在五年前痛下决心戒除嚼食忘魂叶的陋习的。他侃侃说道："我从十六岁开始嚼食咖特叶（忘魂叶），足足嚼食了二十年。胃口极差，瘦得像根竹子，邋里邋遢的，每天像行尸走肉般飘来飘去。有一天，我六岁的儿子拿着一本书，指着书里的主角，对我说：'爸爸，你很像这个僵尸啊！'这句醍醐灌顶的话，彻彻底底把我打醒了。千辛万苦把瘾戒除掉以后，整个人脱胎换骨，健步如飞哪！"

在哈勒尔，好些家长意识到忘魂叶不利于健康，想要禁止孩子嚼食，但是，由于他们没有以身作则，而孩子又生活在一个大部分人都把忘魂叶当作生活釉彩的大染缸里，因此，不但戒除不了，还越嚼越凶。一般的中老年人呢，把嚼食忘魂叶当作一个沿袭上千年的美丽传统。戒除？连门都没有！

那天早上，太阳笑眯眯的，我来到了哈勒尔一个百年老村科罗米（Koromi）。包围着农村的，是一座座风光绝美的崇山峻岭；村内是一畦畦无比肥沃的农田，一栋栋石头屋安静地伫立着，平平的屋顶上，曝晒着失宠了的咖啡豆。

哈勒尔一向以咖啡驰名，据说这个百年老村所生产的咖啡豆香气饱满，里面好似藏着活蹦乱跳的精灵。过去，每家每户都以种植咖啡树为生；然而，无奈而又遗憾的是，随着忘魂叶需求量的日益增高，许多农户都放弃了种植咖啡树而改种忘魂叶树。咖啡豆一年只能收成一次，忘魂叶却有三次收成；不论是产量还是利润，都比咖啡豆高得多了。

在这百年老村里，一排排忘魂叶树，井然有序地伫立着。树高一两米，树身瘦瘦的，树叶垂垂的，宛如一把一把插在大地上出尽全力却还是无法撑开的雨伞。这些树的形状，看起来有一点鬼祟，就好像自知做了亏心事一样。

当地人告诉我，为了确保快速收成，农夫们都施加化肥与狠下农药，原本就有害健康的忘魂叶，现在，更是

忘魂叶树

"毒上加毒"了。

　　忘魂叶的种植范围，已由哈勒尔扩充到埃塞俄比亚全国各处了，嚼食者也遍布各处。

　　那天傍晚，由百年老村坐车返回哈勒尔古城时，前面有辆大卡车，车上累累赘赘地叠放着的，全是忘魂叶，连周遭回旋的风，都被幽幽地染成了绿色。卡车大而笨重，司机却驾得飞快，好像一头受了刺激的大象在路上亡命地奔跑，非常危险。有人告诉我："那司机，肯定在嚼食忘魂叶，你看，连车子都变得那么亢奋！"

　　次日，参观博物馆，玻璃柜里展示着满布沧桑的杵和臼。讲解员解释道："老年人齿根不稳，牙齿晃动，无法嚼食忘魂叶，因此，需要用臼杵舂得烂烂的，便于吞咽！"哟，埃塞俄比亚人"活到老、嚼到老"，真是忘魂叶的"忠实拥趸"啊！

　　我于 2016 年 8 月中旬从非洲返回国门，赫然在报上读及一则有关忘魂叶的报道。

　　吉隆坡国际机场关税局主任向报界揭示，有四个申报为茶叶的包裹于今年 7 月份从埃塞俄比亚首都亚的斯亚贝巴寄出，但却一直没有人前来认领。官员后来打开检查，发现内藏有三十五公斤的"咖特叶"（忘魂叶），市价值一万七千余令吉（约五千七百新元）。他进一步透露，关税局迄今已经破获了四宗走私"咖特叶"的案件，并逮捕了三名嫌疑犯，起获了总共六十四公斤的"咖特叶"。嫌疑犯一旦被控罪成，将会被罚款及监禁。有关方面也透露，由于"咖特叶"售价较冰毒便宜，它目前已成了瘾君子的"新宠"，而"咖特叶"的走私活动也日益猖獗。

　　这时，我耳边清晰地响起了莫哈敏的话："'咖特叶'明明是戕害人体的东西，但埃塞俄比亚人却当补品来享用。积重难返，想要铲除这个千年老习惯，难若登天啊！"

　　我想，自我觉醒，恐怕是断瘾唯一的通道了！

埃塞俄比亚的咖啡，是长了翅膀，带着钩子的。

它浓郁的香气，飞向每一个旮旯犄角，闻着的人，魂魄都被它悠悠然地勾走了。那种香气，像一匹难驯的野马，你只要爱上了它，它便能癫癫狂狂地让你享受到一种出格的快活。

初尝埃塞俄比亚咖啡，是在首都亚的斯亚贝巴。

那个年轻的女子，悠闲地坐在餐馆一隅，矮矮的小几上，整整齐齐地放着好几排玲珑可爱的杯子；小几前面，铺满了翠绿的青草。她身边有个老里老气的炭炉，火舌温情脉脉地舔着嫣红的炭块。

我们点了两杯咖啡，她慢条斯理地将咖啡豆倒入平底锅里，放在炉火上，用铁铲来来去去不停地翻炒。咖啡豆发出了热烈的嘶喊声，香气也就随着袅袅的烟气飘送出来了。渐渐地，咖啡豆变成了悦目的深褐色，她快速倒在盘子里，端到我面前来，一手晃动着盘子，另一手则不绝地扇动着。哎哟，扑面而来那汹涌澎湃的香气，霎时将我淹没了。接着，她把咖啡豆倒入石臼中，以杵捣碎，

连羊儿也为咖啡而疯狂

再使劲地舂呀舂，直至咖啡豆全都变成细细的粉末为止。当地人不惮其烦地用手舂咖啡豆而不使用便利的电器研磨，主要的原因是他们认为石杵能让咖啡豆一颗一颗地释放香气，舂成粉的咖啡，一粒一粒个性分明。如果用电器的话，金属和咖啡豆高速摩擦，香气都模模糊糊地掺杂在一起了。最后，她把咖啡粉倒入细颈圆肚的陶壶内，在炭炉上加水烧泡，当圆肚陶壶好似鱼儿吐泡泡一样咕嘟咕嘟地吐出一团一团的浓香时，她便将陶壶连同一大碟爆米花端上来给我们。

经过长久的等待，喉舌已经发出了迫不及待的呼唤。

个性彰显，浓得像爱情，苦得像死亡，不能畅饮，只可浅啜。入喉之后，那种蛮横而近乎泼辣的苦涩之味，便像早晨稀薄的雾气般，徐徐散开于口腔，历久不去。

啊啊啊，这种苦到极致而又香得暴力的滋味，不正是非洲长久以来向游客释放的诱惑吗？是一种地地道道的非洲味道啊！

众所周知，埃塞俄比亚是咖啡的发源地，有个广为流传的故事，十分有趣。

传说在埃塞俄比亚东南部的卡法（Kaffa）地区，有个牧羊人在放牧时，发现他的山羊每天在吃了一种可爱的红色浆果之后，活蹦乱跳，一整天都精力充沛。他好奇地摘来吃，吃了之后，果然精神抖擞，历久不累。于是他大量摘了，分发给区内教会的朋友，结果，人人在吃了红果后都变得精神奕奕。后来，有人将这红色的浆果去皮后，烘焙翻炒，研磨成粉，泡成饮料，那种无可抵挡的香醇，立刻俘虏了众人的心。后来大家把这种红色的浆果称为"咖啡"（发音近似 Kaffa），并在这一地区广泛种植。

这种迷人的饮料自此流传开来，迅速地成了全球的"宠儿"。

有人认为咖啡是上天赐给埃塞俄比亚的一份厚礼，因为不论气候、土壤、环境，都大大有利于咖啡的生长，而埃塞俄比亚人可一点也不曾辜负这一份厚礼。在埃塞俄比亚，咖啡不单是一种饮料，它已经紧紧密密地嵌入当地人的生活，庆祝仪式、款待客人、居家生活、工作场所，都少不了它。

埃塞俄比亚人把"炒咖啡豆、舂咖啡粉、煮咖啡、喝咖啡"的整个过程称为"咖啡仪式"（Coffee Ceremony）。我想，这咖啡仪式就类似于茶道，都是通过一种悠闲而又优雅的方式来享受生活。然而，两者最大的不同是：茶道是曲高和寡的，在日趋繁忙的现代社会里，它已经变成了一种奢侈的享受方式；而咖啡仪式呢，却是雅俗共赏的，在埃塞俄比亚，不论是富贵之家还是贫农之户，煮咖啡和喝咖啡，都是寻常生活里不可或缺的一部分。而举行咖啡仪式的地方，也遍布于全埃塞俄比亚的大城小镇和大街小巷。

有趣的是，在埃塞俄比亚，凡是烧煮咖啡的地方，都

泡咖啡有许多仪式要遵守

铺着青草。作用何在呢？多方探询，但却众说纷纭，莫衷一是。有者认为这是"迎客"的一种标志，许多好客的埃塞俄比亚人都喜欢在自家大门口铺上青草，而许多餐馆的东主也这样做，让客人有宾至如归的感觉。有者指出性好自由的非洲人喜欢野外生活，而青草就给予他们一种幕天席地的解放感，面对着绿意泛滥的青草，喝起咖啡来，也就更有劲了。有者说，咖啡令人精神亢奋，而恬静的绿色正好能起着平衡的作用。到底哪一个才是正确的答案呢？我不晓得。然而，在青草所散发的一圈圈绿影里享用浓黑的咖啡，的确有怡神养目之效。许多时候，在啜饮咖啡的同时，当地人也焚烧香精，借此邀请神灵与他们共享上天的恩赐。

对于所有的埃塞俄比亚人来说，不论是白领阶层或是乡下农户，也不管办公室里还有多少尚未处理完毕的事务或是农田里还有多少没有做完的农务，只要一杯咖啡在手，闻到那一缕一缕醇厚的香气，心情也就安定了、踏实了。曾有人戏言，埃塞俄比亚的八十余个部族之所以能够风调雨顺地和谐相处，必须归功于咖啡这个全民共爱的饮料，因为对咖啡的沉溺，他们对于目前安定的生活状况至感满足，不思变动。这虽然是玩笑话，但从埃塞俄比亚人对咖啡的迷恋来看，却也不无道理。

一日，来到北方城市耶哈（Yeha），在这个人口七千的小村庄里消磨了老半天。农妇正在炒豆子，饱满的香气滴溜溜地四处滚动。已经炒好了的那些豆子，热腾腾的，铺平放在户外的长桌上，摊凉。馋嘴的小娃儿，踮起脚跟，用胖胖的指头把香香的豆子拈起来吃，吃了一颗又一颗。老奶奶站在一旁，溺爱地瞅着。茅屋里的泥地上，有个小姑娘坐在矮矮的小凳子上，用炭炉煮咖啡。咖啡的香气，慵懒而温柔地弥漫开来，在这一刻，我感受到了富足与美好。在缭绕不去的咖啡香气里，那颗远离尘嚣的心，不忮不求，进入了一个安宁恬静的境界里……

离开埃塞俄比亚的前一天，到集市去逛，想买一些咖啡粉回家，可当地人却告诉我，市场出售的咖啡粉不纯，有些奸商刻意将良莠不齐的咖啡粉掺杂在一起，鱼目混珠，门外汉是难以分辨的，较为稳妥的做法是精选优质咖

在闹市里品味咖啡

在羊身上写字

啡豆，再自行研磨成粉。

我从善如流，可是，来到咖啡集市，一看便傻了眼。种类繁多的咖啡豆，分别装在大大小小的麻包袋里，令人目不暇接。最后，选了颗粒大而香气浓郁的，欢天喜地地拎回去。

回家之后，把这些个性鲜明的咖啡豆放在石臼里，用石杵慢慢地舂，它的香气，一粒一粒地释放了出来，纯正而又荡气回肠，哎哟，屋子里，蓦然好似跑进了多匹难驯的野马，搅起了满室充盈的香气……

## 其一：哈勒尔古城

没有月亮，那种无边无际的黑，高旷深远，诡谲一如死亡。

车子沿着哈勒尔古城狭窄的道路颠颠簸簸地驶着，驶出了城门，来到了一片空旷的草地。

导游莫哈默下车时，特地嘱咐我和日胜："当鬣狗出现时，你们一定要保持镇定，就算它们挨近你们身边，你们也千万不要惊喊出声。鬣狗凶悍，一旦触怒或惊吓了它们，后果堪虑。"

这时，借着车头灯的亮光，我看到了草地中央坐着一个瘦瘦的人，面前搁着一只黄色的塑料桶，里面满满地盛放着新鲜的骆驼肉。

啊，这人，就是哈勒尔古城远近驰名的阿巴斯了。

阿巴斯以一种很活泼而又很亲昵的语调，清楚地喊出了一个一个名字，他的声音好像长了翅膀，飞到很远很远的地方去。

鬣狗听到了呼唤，出现了，一只一只慢慢地出现了。

眼前那黑黑的空气，突然变成了结在河

川上一层脆脆薄薄的冰，轻轻碰触一下便会"喀啦喀啦"地裂掉。我的心，像鼓槌，一下一下地把心房里的千面锣鼓击得震天响。

导游莫哈默（右）与古城居民

十多头体形硕大的鬣狗，每一头少说也有八十多公斤，毛色棕黄，身上散布着许多不规则黑褐色斑点，像是狗、狼和豹的混合体，看起来又凶又狠。它们团团地绕着阿巴斯打转，阿巴斯用短短的竹棍子挑起桶内的骆驼肉，喂饲它们，当它们张开口时，白而利的牙齿在夜色里闪着阴森森的亮光。

有人以为鬣狗只吃动物腐烂的尸体，那是错误的传闻。只要是肉类，不论是新鲜的或是腐臭的，鬣狗都是来者不拒的。它们的食量非常大，每次可以吃上十多公斤的肉，有着极强的消化系统，可以把整头猎物包括皮、肉、骨头，甚至牙齿、角和蹄，全都吃个精光。莫哈默说，滥吃的鬣狗，可说是丛林里的"清道夫"，保持了环境的清洁。

此刻，鬣狗团团地围在阿巴斯身边，吃得津津有味。

也许机灵的它们知道供应充足，所以，没有争先恐后地夺食。有两三头鬣狗还绕着我打转，惹得我毛骨悚然。

这时，阿巴斯突然朝我们招手，嘱咐我们去喂鬣狗。日胜欣欣然地走上前，接过了他手中的竹棍，挑起一大块骆驼肉，站在最前面的那头鬣狗，张开血盆大口，在电光石火间把肉衔去。接着，阿巴斯示意日胜蹲下；日胜遵嘱蹲下，这时，一头鬣狗猝不及防地扑到他背上，他趴跌在地，我惊骇欲绝，尖叫出声，刚按下快门的相机也差点脱手而出；莫哈默立刻"嘘"了一声，我的脸，僵成了一块青苔，恐惧从双眸一直流泻到足踝。然而，鬣狗群起围攻的恐怖情形并没有发生，日胜脸色灰白地从地上爬了起来，阿巴斯轻声说道："没事，没事！"原来这是他开的一个小玩笑——当日胜蹲下时，他刻意把挑着肉块的竹棍高高地举在日胜头上，鬣狗为了取得肉块，便以双足趴在他背上，用嘴去衔那块肉。阿巴斯笑嘻嘻地说："我让鬣狗给你做个非洲式按摩呢！"

这玩笑，未免开得太过火了呀！要知道，鬣狗毕竟野性难驯啊！当时，日胜被八十公斤的鬣狗压在身上，还以为性命难保了呢！事后，他的肩背足足痛了好几天！

据莫哈默说，十八年前，有个六岁的男孩子，和妈妈走散了，独自一人站在哈勒尔古城尖声哭泣，刚好一头鬣狗在那儿溜达，受哭声刺激，飞扑过去，一口便咬断了他的咽喉。鬣狗牙齿锐利至极，被它咬到，一丝活命的机会也没有。

现在，喂饲鬣狗的活动移到城门之外，已有多年不曾发生意外了。

哈勒尔古城位于埃塞俄比亚东部，鬣狗在此出没，已经有五百多年的历史了。

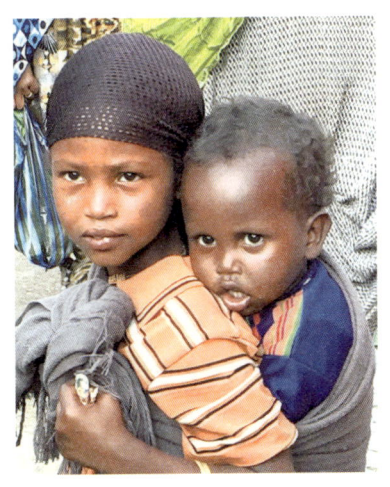

孩童都很怕鬣狗

当地人定时喂饲鬣狗的习俗，据说是始于19世纪所发生的一次饥荒。由于缺乏食物，鬣狗不时侵袭古城居民。饥荒过后，为求安全，有人开始定时以食物喂饲鬣狗，这个奇特的习俗，也因此而延续至今。

上述传说是否属实，难以印证；然而，五十余年来，阿巴斯的家族与鬣狗亲密无间地打交道，却是千真万确的。

阿巴斯家族隶属于爱希亚希莎（Isaiesisa）部族，这个部族，素来喜欢动物。五十余年前，鬣狗常常溜进哈勒尔古城寻找食物，阿巴斯祖辈总为它们准备好丰盛的肉食，久而久之，鬣狗便习惯于定时上门讨食了，阿巴斯家族因此与鬣狗培养起深厚的情感。阿巴斯给每一头鬣狗都取了名字，鬣狗虽然是属于森林的，但在他心中，它们就像是他的家庭成员，他甚至可以把竹棍衔在嘴里，脸对脸地让鬣狗吃竹棍上的肉。与危险度极高的鬣狗有这样零距离的接触，简直是匪夷所思的，因为鬣狗是一种极为凶残的野生动物，一般是近身不得的；然而，在古城，它们数百年来与人和谐相处，所以，养成了不同的习性，不会随意攻击人类或家畜。

旅游业兴起之后，阿巴斯喂饲野生鬣狗，也成了一项能够助以增加收入的观光节目了。阿巴斯家族善待鬣狗，我想，这也就是鬣狗一种感恩图报的方式了。

有趣的是，哈勒尔古城迄今还保留着一个古老的习俗——借鬣狗来预测来年的运道。在每年的伊斯兰传统节日阿舒拉节（Ashoura）里，族长会以掺入大量黄油的麦片粥喂饲鬣狗，如果鬣狗吃上五成到七成，就表示城里来年风调雨顺，生活安好；倘若鬣狗掉头不吃，或者，吃得一干二净，都是不好的兆头。嘿嘿，真没想到鬣狗居然还是"占卜师"哪！

## 其二：阿瓦什国家公园

离开哈勒尔古城后，我们来到了许多鬣狗穴居的阿瓦什国家公园（Awash National Park），这是埃塞俄比亚历史最为悠久而又开发得最为完全的野生生物保护区。

为策安全，陪同我们的导游阿拜尔携枪同行。

6时整，正是日落时分。

悬挂在天边的夕阳，是橘红色的，瑰丽得很虚假。强劲的风，发出了狼嚎似的声音，把夕阳泌出那宛若血丝般的亮光吹得闪闪烁烁、乍明乍暗，很有《聊斋志异》中情节的氛围。

我们坐在高高的巨岩上，屏气凝神地等。

阿拜尔告诉我，这儿有许多地下洞穴，每个洞穴住了30～50头鬣狗。鬣狗遵循的是母系社会的群居生活，雌性拥有绝对的统治权。

非洲鬣狗素以强大的咬合力见著，能轻而易举地将斑马的骨头咬碎。它们每小时可以跑上五十余公里，习惯于傍晚时分成群结队地出来，竟夜围猎。它们最喜欢的是斑马、驴子、疣猪和鹿；当它们群起而攻时，即连凶悍的狮子，也得夹尾而逃哪！此外，它们体力强韧，可以连续追逐猎物数小时，群兽闻风丧胆。更惊人的是，它们还是游泳好手呢，不但能轻轻松松地浮泳，还可以闭气在水底游走，把鱼类、乌龟、河马等当作美味佳肴。

"鬣狗性子狡猾，有时，狮子捕杀了斑马，觊觎在旁的鬣狗便会设下圈套把斑马据为己有。"阿拜尔说道，"首先，领头的鬣狗会窜上前去抢吃斑马肉，狮子被惹火了，便大吼着驱赶这头胆敢在太岁头上动土的家伙。鬣狗以风般的速度飞逃，狮子追了一阵子，看不到它的影踪，便跑回来享用斑马肉。万万没有想到，殿后的鬣狗们早就在斑马的尸体上拉了一堆堆屎。性好洁净的狮子一看，便败了兴头，弃而不食。狮子意兴阑珊地离去后，鬣狗们便兴高采烈地回来享用美味佳肴了。鬣狗是逐臭之夫，连腐烂的肉类都吃得津津有味，自己的大便当然更不当一回事了。"

鬣狗略施小技，便坐享其成了。这种夺食的方式虽然欠缺道德，然而，在这弱肉强食的世界里，一板一眼地按牌理出牌，也许就只能坐以待毙了。

原本虚无缥缈的暮色，渐渐变得臃肿肥胖了。这时，阿拜尔突然用枪杆指了指不远处的一个洞穴，压低嗓子，说："看！"

啊，出来了！

一头肥胖的鬣狗，从洞穴里跑出来了，站在平原中央，机灵地左边看看、右边看看，然后，仰天长啸。那叫声，像是奸雄狡诈万分的狞笑，让人的鸡皮疙瘩如骤雨般掉满一地。少顷，又出来一头，同样地发出可怖的狞笑声。这时，我突然明白了，步步为营的鬣狗，其实是在视察了周遭环境而觉得安全之后，才以叫声呼唤洞穴里的同伴出来的。就在一阵一阵的"狞笑"声中，鬣狗一头接一头地出现了。十多头鬣狗一起往丛林深处跑去，那种合作无间的默契，着实令人惊叹。

另一个离我们较近的洞穴，又陆续跑出了一头又一头鬣狗，这时，夜色已经变得十分饱满了。阿拜尔站了起来，悄声说道："鬣狗太多了，再不走，就太危险了。"

我们蹑手蹑脚、如履薄冰地离开了这个危机四伏的地方。

在哈勒尔古城和阿瓦什国家公园，我看到了两种形态截然不同的鬣狗。

在古城，很明显的，百余年来备受照顾的鬣狗，早已失去了围猎的能力了；也许，它们每天最大的期盼，便是那一块块送到嘴边的骆驼肉了。它们虽然生活在野外，但却犹如关在无形的笼子里，是不曾真正潇洒地活过的鬣狗；从某种意义上来说，它们已经沦为阿巴斯家族的"宠物犬"了。至于阿瓦什国家公园的鬣狗呢，性格却天差地别，它们凶悍霸气，在无羁的自由里活出了完整的自我。

## 惊魂

埃塞俄比亚南部崇山峻岭多，租了一辆四轮驱动的越野车，雇了司机拉鲁，翻山越岭寻幽探秘。然而，这样一种惬意的旅行方式，在"不按牌理出牌"的非洲，竟然惊魂处处。

说说几个故事。

那天傍晚，抵达南部重镇阿尔巴门奇（Arba Minch）时，拉鲁在加油站为车子加满了汽油。次日，到查莫湖（Lake Chamo）去观赏鳄鱼进行日光浴，车程五个小时。然而，才走了短短半个小时，车子便像被拖住了后腿，越走越慢、慢慢慢、慢、慢、慢。拉鲁多次下车检查，却查不出端倪。后来，苟延残喘的车子竟然彻底熄火了。拉鲁掀开车头盖，检查了老半天，赫然发现问题出在油缸上——汽油被水稀释了！在生活水平低落的埃塞俄比亚，一升汽油的售价是十八比尔（折合新币一元四角），在汽油里掺水，的确可以牟取暴利。汤水稀薄，如狼似虎的四轮驱动车被饿瘪了，当然揭竿革命啦！

为了修理这辆被硬生生灌水的车子，我们的行程被逼挪后了一天。唉！

过了几天，沿着崎岖不平的山路，到海

危机四伏的查莫湖

查莫湖的鳄鱼

非洲有许多不同的部族（1）

拔一千八百米的科罗米去领略老村风情。村子里，一栋栋小巧玲珑的石屋，好似从童话里蹦出来的。平平的屋顶上，晒着新鲜摘下的咖啡豆。小溪旁，有几名窈窕的妇女，一边勤快地洗涤衣物，一边欢快地闲话家常，串串笑声伴随水珠飞溅四周。衣服洗好了，便晾在树上；吸纳了阳光与叶之清新的衣服，又暖又香。

　　没有想到，尽兴而归时，竟陷入一个进退两难的困境里。坚硬如石的泥路，是单行道，前些时段，经暴雨冲刷，裂开了一个又长又深的坑。车子没有翅膀，飞不过去，另一边又是深渊，怎么办呢？我愁得好似冒出了满头白发。

非洲有许多不同的部族（2）

拉鲁表示，唯一的解决方法就是以石头填平坑裂。我心想，昔日愚公连偌大一座山都移走了，这个小小的坑，还怕填不满吗？于是，卷起袖子，来回走动，将周遭大大小小的石头搬去填坑。一些村妇闻风前来帮忙，足足忙了将近两个小时，才勉强填了八分满。司机又借来一把锹子，铲起长坑周遭的泥土，填入坑里。之后，发动车子。我看了看旁边的深渊，汗毛直竖，只要有毫厘的差错，恐怕便会成为"空中飞车"了呀！如履薄冰的司机，费尽九牛二虎之力，才将车子安全驶过了这个深坑。坐在车内的我，衣襟早已被冷汗湿透！

最惊险的一次经历是去造访原始部落卡罗（Karo），

途中穿越一个丛林时，车子突然"砰"的一声，发出了惊天动地的巨响，我们都以为是爆胎了。拉鲁紧急刹车，一看，天呀！右边的挡风玻璃已经裂成了一张恐怖的蜘蛛网。拉鲁蹙眉告诉我们，有人埋伏在丛林里，用自制的武器发出袭击。看着那裂不成形的玻璃，我心惊胆战，因为日胜就坐在挡风玻璃后边的位置上，如果射中了他，后果不堪设想！拉鲁意识到处境危险，不敢下车，飞速驶往卡罗部落。酋长立马派人荷枪随我们回返丛林探查，可是，出事地点介于卡罗和汉马（Hamer）部落之间的灰色地带，所以，难以断定是哪一个部族干的。最后，只能交由警方处理。这一天的游兴，当然也被破坏殆尽啦！

*我们租用的车子也晒个太阳浴*

一步入埃塞俄比亚北部城市默克莱（Mekele）这家豪华餐馆 Geza Gerelase，一个个热力四射的音符，便活活泼泼地跳到身上来；门外的喧嚣，霎时隐没了。

这是一个衣香鬓影的世界，周遭氤氲着由香水酝酿出来的芳馥，葡萄酒在灯光之下反射出迷离的紫色。

琳琅满目的菜单，写满了陌生的菜名。彬彬有礼的侍应生看到我一脸茫然，热心地推荐："KURT 是埃塞俄比亚的佳肴，你可愿试试？"我当即颔首接受。

食物端上来时，我大大地吃了一惊。哎呀，圆盘里盛着的那一大块艳红色的肉，竟然是全生的，足足有一公斤哪！我诧异地问："怎么吃呀？"侍应生说："用面饼卷着牛肉蘸酱吃啊！"我难以置信地问："这牛肉，生吃？"他飞快地答："是啊！"我瞠目结舌。半晌，才回过神来，结结巴巴地说："这，这么大块生肉，我吃不惯呀！"侍应生为难地说："上桌的菜，无法退回。要不然，你试试另一道名菜 KITFO，好吗？"我无奈地同意了。没有想到，另一道所谓的名菜，居然也还是生牛肉！只不过是剁碎了，分量少，看起来也就显得比较"秀气"。然而，生肉就是生肉，换了一种形式，也还是换汤不换药哪！

这时，我瞥见邻桌有四位男士，正在享用一大盘生牛肉，只见他们手脚麻利地用锐利的刀子把生牛肉切成方块，也不蘸酱，便直接送进口里，满脸陶醉地嚼得津津有味。啊，我的砒霜，是他们的糖霜呢！于是，赶快把那两盘我无法享用的生牛肉送了过去。

他们高兴地接纳之后，又殷切地劝我大胆一试。

甲说："质地这么好的牛肉，一煮，就变质、变味了。生吃，又鲜又甜、又嫩又滑呢！"

乙说："那个鲜味啊，保证你一尝便上瘾！"

我叹了一口气，说："吃这生肉，就好像是让牛儿在胃囊里横冲直撞呀！单看不吃，就已胃疼了！"

他们笑了起来，接着，告诉了我一则广泛地流传于埃塞俄比亚的趣闻。

1950年，朝鲜战争爆发。埃塞俄比亚加入了以美军为主的武装干涉军队，进行大规模的攻击。在这为期三年的战争里，埃塞俄比亚居然没有折损一兵一卒。他们问我："你可知道原因？"我说："是不是埃塞俄比亚人惯吃生肉，勇猛如狮虎，所向披靡？"他们莞尔，说："不是啦，我们在轻轻松松地食用生肉的当儿，便把其他人吓得脸青唇白了！"嘿嘿，原来当地人看到埃塞俄比亚人大啖生肉，还以为他们在生吃人肉，恐怖的谣言四处流传。

餐馆里有乐队驻唱

饱食后疯狂扭舞

我捧腹大笑，当然，这只是埃塞俄比亚人在 20 世纪 50 年代战争期间，为了排解忧思而杜撰出来的笑话罢了。

　　这时，饱餐后的埃塞俄比亚人纷纷滑进了舞池。哇，衣冠楚楚的男士和长裙曳地的女士，跳起舞来那个癫狂的劲道，让人双眸差点脱眶而出。

　　男男女女，把丰沛的生命活力一层一层地倾注到身体的每一寸肌肉内，渗透到上上下下每一个关节里，贯穿到每一条大大小小的血管中；全身没有一个部位不在动，头颅、颈项、肩膀、双手、腰肢、臀部、大腿、膝盖、小腿、脚踝、脚板，都在动，动得极快极猛，有时，就只看到一团不绝旋转的光影……我相信，在这一刻，他们连灵魂都在狂舞哪！

　　嘿嘿，这种"辐射状"的热力，也许就源自于大块大块的生牛肉了。

到埃塞俄比亚两千余年的古都耶哈去参观月亮庙，在玻璃柜里，展示着难得一见的羊皮书，我痴痴地看，流连不去。

这时，有个老人，趋前说道："我们的收藏室珍藏着好些羊皮书，你有兴趣看看吗？"

大喜过望，随着他，走上了一道狭窄陈旧的楼梯，走进了一间阒然的暗室。这时，满室都是我放大了几十倍的心跳声："怦怦怦、怦怦怦"。慈眉善目的老人以钥匙慎重地将密密锁着的柜子打开，小心翼翼地取出其中一本羊皮书，双手捧来给我。原本沉淀在我心里的欢喜，此刻，全都赤裸裸地展露在脸上了。

这部图文并茂的羊皮书，有一千多年历史了，书里的经文，是以古老的文字书写的。清晰可见的字迹，深沉地闪着墨黑的亮光；缤纷的插图，色泽鲜丽得仿佛加了釉彩。

羊皮纸是以绵羊、山羊或羚羊之皮制成的。人们挑选皮色光亮与皮质平滑的羊儿，去除皮上厚毛与皮下脂肪，以从植物提炼出来的汁液浸泡，使之软化、净化，再让它饱饱地吸取和煦阳光的精华，最后，化为一张张透亮挺括的羊皮纸。

经历了千年而依然绚烂的羊皮书

　　"一头羊通常只能做两页到四页羊皮纸，视书本页面的大小而定。"老人指着我手上这部沉甸甸的羊皮书，详尽地解释道，"类似这样厚达五百页的书，足足需要一千头羊来制作呢！"

　　一千头羊！在一千头羊身上写字！捧在我手里的这部书蓦然活了过来，有一种强劲的生命力不绝地跃动着，我甚至还隐隐约约地听到了羊儿"杂沓"的脚步声哪！

　　当时没有笔，聪慧的人们利用泥土、炭灰、橄榄油以及从植物中提取的色素相互糅合，制造成书写与绘画的颜料。

　　"在羊皮纸上抄写经文或圣歌，是一桩极为庄严的大事。"老人说道，"修道士先得沐浴、净手、静心，然后，用棉布加橄榄油，恭恭敬敬地点上一盏小灯，把自己关在一间与外界隔绝的小室里，全神贯注地抄写，容不得任何杂思，更容不得任何手误。"

羊儿们为这样一桩神圣的事儿捐躯，以另一种形式换取永恒的生命，想必虽死犹荣吧？倘若它们有思维而又会说话，也许，在人们选羊做纸时，它们便会争先恐后地发出欢快的"咩咩"声，喊道："选我，选我！"

这些价值连城的羊皮书，并不是不食人间烟火地密藏于橱柜里的。每当有重要的宗教庆典而信徒聚集于月亮庙时，神职人员便会郑重其事地取出来，诵经文、唱圣歌。

说着，老人又从橱柜里捧出另一部羊皮书，让我翻阅。他兴致勃勃地说："这是我们收藏品里较为年轻的，

价值连城的羊皮书

历史悠久的羊皮书

七百岁。里面抄录的，全都是圣歌。"我说："都是古文呢，您看得懂吗？"老人自豪地说："当然！"说毕，便以浑厚的嗓音唱了起来，当他的声音回响于暗室时，曾经读过的一篇饶有深意的散文《用羊皮纸练字》突然闪进了脑际。

《用羊皮纸练字》作者李贞淑在文中转述了法国一位

年轻的管理员慎重地捧着羊皮书

语文老师卡琳的故事。卡琳让自家两个孩子练字，用的居然不是普通的白纸，而是价昂至极的羊皮纸。她先以羊皮纸来触摸孩子的脸，当孩子喜欢上羊皮纸柔软的质感之后，她便让孩子静心聆听笔尖和羊皮纸面摩擦时发出的那种像音乐般好听的声音；当孩子产生兴趣后，她就把笔和羊皮纸都给孩子，说："你也来试一试吧！"

我觉得，这位睿智的母亲，以稀罕的羊皮纸作为启蒙教育的工具，不但让孩子自小养成尊重文字的心态，而且，还让他们知道，文字是无价的 —— 羊皮纸就算再珍贵，最终的目的，还是让人一笔一画地把字写在上面呀！

原本是想住在塞米恩国家公园（Simien Mountains National Park）的营地里的，因为外面就是狒狒的家园，听说开门开窗，都可以看到狒狒。然而，出发之前才失望地知道，这个营地因为装修工作而暂时关闭。不得已，另外选了刚刚建竣的利马利茉旅舍（Lima Limo Lodge），这儿距离国家公园十余公里。

没有想到，失之桑榆，收之东隅。

利马利茉旅舍建在海拔三千多米的高山上，一走进去，眸子立马开出了两朵花。蔚蓝的天，像是湛湛生光的宝石；远山近峦，层层叠叠地散发出翡翠的亮光。丰满的云雾，宛若活泼的小精灵，在山与山之间不断游移，山峦因此而有了瞬息万变的面貌。我就好似在看一名技术精湛的画家以天地为画布，尽情挥洒，画出了幅幅浩然大气的水彩画。

经营这家旅馆的，是一名来自哈佛的英国女子朱莉娅。长长的金发以橡皮筋在脑后随意绾起，几根发丝漫不经心地落在耳际，自然而又洒脱。双眉如山、双眸如溪，山明水秀。说话时，脸上荡漾着的笑意，像是天

勇敢追梦的朱莉娅在海拔三千多米高的利马利茉旅舍

上闲闲地飘动着的云。

"我两年前打算在这一带开设旅馆时，看了许多地方都不合意，然而，那天早上，一站在这个山头上，我心里立刻响起了一个声音：就是这儿，就是这儿了！"

朱莉娅本身的故事，就是一则活的传奇。

酷爱户外活动的她，六年前从哈佛飞到埃塞俄比亚来，找了个导游，进行为期八天的爬山活动。

万万想不到，这短短的八天，竟然改变了她长长的一生。

容貌秀丽的她，和高大伟岸的导游一见钟情。那不是电闪雷击的过眼云烟，而是想要厮守终生的缠绵缱绻。

她坦白地说："过去，别人告诉我一见钟情的故事，我往往嗤之以鼻，认为那只能是小说里杜撰的情节。可是，现在，我却相信，的确是有姻缘天定这一码事的。那个人，在适当的时间出现时，你的眼、你的心，都会告诉你：就是他，就是他！"

两人隔着千山万水传递情意，两年过后，朱莉娅毅然决定，放弃哈佛"无所不有"的繁华生活，迁移到这个在许多人眼中"一无所有"的埃塞俄比亚，与夫婿联手经营这家别具一格的旅馆。

朱莉娅所设计的旅馆，是由十四个各自独立的小楼房组成的，这些木质楼房，错错落落地散布在山峦上，每间小楼房都可以从不同的角度俯瞰美丽的山景。

此刻，我们坐在让旅客共用的大阳台上，猴子们放任自在地从邻近的丛林里爬进宽敞的大阳台，大模大样地走来走去。人与猴，互不干扰。嘿，我看猴子多妩媚，猴子见我应如是。我闲闲地喝着香气扑鼻的咖啡，吃着香酥可口的牛油饼干，津津有味地听朱莉娅娓娓畅述她的经营理念："许多人都认为旅馆只不过是让旅客歇息的地方，有张干净的床便足够了。可是，我却希望旅馆是个画框，旅客倦游归来后，能走进画里、坐在画里、躺在画里，眼里有画、心里有画、梦里有画。世人只看到埃塞俄比亚的贫穷与落后，实际上，它处处有景、处处是画。我只是将大自然那大气磅礴的画，框起一个很小很小的角落，让旅客能在身心全然松懈之际，好好欣赏。"

我觉得，朱莉娅的人生也是一个"画框"，她把她深

利马利茉旅舍风光美不胜收

爱的人框在里面时，也同时框进了一整个东非国家。如今，她已成了"无形的大使"，无时无刻不在推销埃塞俄比亚那动人心魄的美。

眼前，群山在飘浮的云雾里若隐若现。云雾的随性与活泼，群山包容也喜欢；山峦的安静与深沉，云雾接受也欣赏，它们啊，仿佛在以另一种形式呈现着朱莉娅的爱情故事。

朱莉娅为了爱情
远到非洲生活

## 其一：狒狒的家园

坐落于埃塞俄比亚的塞米恩国家公园，是狒狒的家园，住了一万多头狒狒，现已被列为世界文化遗产。

狒狒是群居动物，常常几十头甚至几百头一起出现。为策安全，陪同我们的，除了导游鲁赫，还有个荷枪的警卫。正值雨季，丛林道路泥泞，必须步步为营。一脚高一脚低赵赵趄趄地走着，稍一不慎，便跌得四脚朝天。

鲁赫是识途老马，对狒狒在丛林的出没地点和活动情况了如指掌。他把我们引到一片开阔空旷的草地上，嘱咐我们等。果然，等不多久，便看到狒狒成群结队地出现了。

狒狒在山上出没

数目繁多的狒狒

漂亮的狒狒

哎哟，这狒狒，可真是漂亮啊！尤其是雄性狒狒，脸庞的边沿、颈部、肩部，毛发很长（雌性则较短），跑动时，毛发飘飘，煞是好看。说来不好意思，狒狒最引人注目的，是它们的臀部，粉红、大红、浅红，有些还掺杂了淡绿和深蓝，构成了一张张有趣的彩色拼图。

两百余头狒狒，团团地将我们几个人包围着，我们就好像是外星人一样，闯入了一个全然不属于我们的国度。原本是要去看狒狒的，现在，反而万分滑稽地成了被围观者！

我们擅自闯入它们的世界，生性驯良的狒狒并不以为忤，更准确地说，它们根本没有把我们放在眼里，原本该做什么，就做什么。摘取野果大快朵颐，互抓跳蚤共找乐子，交配做爱旁若无人。

哎呀，这儿，不就是孙悟空的花果山吗？

那天下午，我们就这样陪着狒狒度过了一个快乐的下午，直到老天不作美，淅淅沥沥地下起雨来，狒狒才以让人惊叹的速度纷纷作鸟兽散。

我们站在雨中，回味着刚才的一切，恍若置身于梦中……

## 其二：鳄鱼剔牙

这天，我们住在阿瓦什国家公园的营地里。营地旅舍就设在瀑布旁，彻夜水声喧哗。享用早餐时，瀑布宛如一道金色的水帘挂在眼前。早餐过后，到河边散步，就在离开岸边不远的一块平滑的大石上，赫然看到一条鳄鱼懒洋洋地躺在上面歇息。它看起来是那么的安静驯良，就好像是一条放大了数十倍的蜥蜴。据说这道看似平静的小河里，暗暗潜伏着大小鳄鱼百余条哪！摸不清情况者，如果贸贸然地下河游泳，立马便会成为众鳄的美食了！

全世界最大的鳄鱼品种

下午，到埃塞俄比亚南部的查莫湖去观赏全世界最大的鳄鱼。船很小，只能容纳五六个人。湖很深，船夫划呀划的，来到了湖中心的小沙洲，那条很长很长的鳄鱼就近在咫尺，张着狰狞的大嘴巴，露着尖利的牙齿，惬意地在进行日光浴。船夫戏谑地告诉我们，鳄鱼正等着鸟儿替它剔牙呢！嘿，原来鳄鱼牙缝里塞着许多鱼肉，当它张嘴歇息时，胆大包天的鸟儿便在"太岁头上动土"，趁虚而入，一饱口福；鳄鱼呢，倒也乐得有鸟儿为它清除齿间的食物残渣，纹丝不动，喜滋滋。嘿，天上飞着的，河里游着的，恬然共处；天地之间，一片和谐。

我看得入神，没有注意到周遭竟有八九条鳄鱼绕着小船打转。等看到时，一张脸蓦然变成了剥壳的鸡蛋，白惨惨的。不料船夫竟咧嘴笑道："不怕，不怕，我能徒手和鳄鱼搏斗呢！"

## 颜色的翅膀

颜色，疯了——红蓝青白、黄紫褐绿，全都疯了。它们长出了翅膀，"扑哧扑哧"地在这个拥有千余年历史的古城四处乱飞，顽皮地钻进了 362 条纵横交错的巷子里，停驻在千家万户的门扉上、墙壁上，将那一幢幢古老矮小的房屋化成了缤纷璀璨的彩屋。这些兴高采烈的颜色，也"扑哧扑哧"地飞到了衣服上——在巷子里来去穿行的女子，服饰鲜丽得连影子也斑斓啊！

埃塞俄比亚东部这个建在海拔 1800 米高地上的哈勒尔古城，真是一个绚丽得叫人吃惊的城市啊！

位置居于优势的哈勒尔古城，曾经是一个车水马龙、热闹非凡的商业大城，是印度、中东和非洲的贸易重镇，它也因此被誉为"东非的门户"。然而，20 世纪初，首都亚的斯亚贝巴铁路建竣之后，哈勒尔作为区域贸易中心的地位也全面没落了。尽管时代的巨轮向前滚动，可是，历史却在这儿留下了痕迹；来自印度、中东和非洲诸国那比蝴蝶还要繁复绚丽的色彩，也在这儿烙下了永世的印痕。

哈勒尔古城，神神秘秘地被一道四米的

高墙围绕着，设有六个城门①，已被列为世界文化遗产。古城目前有居民四万余人，处处都跳跃着凌乱而又活泼的生命力。

"古城面积虽然不大，然而，你们一定得请个导游。"当地人提出了善意的劝告，"那三百多条错综复杂的巷子啊，宛若迷宫，你们一进去便像堕入了迷魂阵，分不清东南西北。要找出口，难若登天呀！"

从善如流，我们请了哈林当导游。自小生活于古城的哈林，是不折不扣的识途老马。有了导游，我们也就放心大胆地在古城乱闯乱走，古城那种令人凝神屏气的美，也一览无遗。

色彩缤纷的哈勒尔古城

① 原本只有五个城门，近年因为城市扩充而增设一个。

颜色，是古城最大的亮点。每年伊始，古城居民一定为屋子更换颜彩，每一所屋子所糅的颜色都不一样，色与色，毫不和谐地互相撞击，但是，这种好似在竞技的大热闹，恰恰就形成了巷子与巷子间独树一帜的大魅力。我啊，连眸子都被染得五颜六色！

　　和颜色同样喧哗的，是古老缝纫机日以继夜地发出的声响——"轧轧轧、轧轧轧"。缝纫业在此是千百年的传统行业，裁缝师惊人地多，色彩像瀑布一样，从一架一架缝纫机流泻下来，地上湿漉漉的，全都是颜色、颜色、颜色。

　　古城处处都有故事。有一条巷子，特别狭小，将天空挤成细细长长的一条。哈林站在巷子旁，微笑地解释

哈勒古城

着说："这是古城最为狭窄的巷子，它有个饶具意义的名字——和解巷。每天从巷头巷尾摩肩接踵地挤身而过的人不计其数。有些曾经有过龃龉的人，在巷子里不小心碰触到对方，大家不约而同地道歉。'对不起'这三个字，就具有着一种魔术般的力量，话一出口，双方凝在心中的冰块，就慢慢地融解了。最终，握手言和，重归于好。"

在哈勒尔古城，处处都看到友善的笑脸，给我一种"宾至如归"的感觉。一个没有宿仇的地方，是一个让居民住得安心而让访客逛得舒心的地方。在哈勒尔，占了总人数 70% 的伊斯兰教徒多年以来与基督教徒和谐相处，形成了各自美丽的文化景观。

在哈勒尔古城里，总共有八十二所清真寺。此刻，正是祈祷时间，许许多多伊斯兰教徒涌向巍峨的清真寺，诵经之声不绝于耳。饱食的鸽子在空中飞舞，尖尖的喙衔着一则一则独独属于古城的、耐人咀嚼的故事；一个不小心就有故事从鸟喙里掉了下来，在地上开出了一朵朵艳丽的花……

# 阿瓦萨湖畔

阿瓦萨湖（Lake Hawassa）是埃塞俄比亚南部一个气势恢宏的大湖，湖面开阔、湖水清澈，然而，在我记忆里扎根的，并不是那纵情延伸的湖面、更不是那熠熠发亮的湖水，而是湖畔那纷纷繁繁的喧嚣、那熙熙攘攘的热闹。那种肆无忌惮地四处飞溅的噪声，把早晨那一大片宁静安恬的空气切割得细细碎碎的。

阿瓦萨湖盛产罗非鱼和鲶鱼，其他不知名的小鱼，更是不计其数。在晨曦里到湖泊中心捕鱼的渔夫，陆陆续续地回来了。带着满载而归的好心情，把小舟停泊在湖畔的沙岸上。一大群鹳鸟和鹈鹕，兴奋地扑着肥大的翅膀，麇集在渔舟旁，气定神闲地伫候。渔夫将鱼儿开膛破肚，手脚麻利地将内脏取出来，然后，高高地抛给鸟儿。让人赞叹的是，面对从天而降的美食，鹳鸟和鹈鹕并没有穷凶极恶地群起争食，只是安静而又急切地张开嘴巴，和自己的运气赌博。让我惊讶的是，小舟上堆积着数之不尽的鱼儿，可它们居然都视若无睹，不巧取，更不豪夺。正因为它们清楚自己的定位而恪守着"游戏的规则"，渔夫当然也乐得与它们"共分一杯

阿瓦萨湖

羹"了。人与鸟，在阿瓦萨湖畔，蔚然成了一幅"各取所需、和谐共处"的美丽景观。

阿瓦萨湖旁边，有个鲜鱼市场，一堆堆知名与不知名的鲜鱼，胡乱摆放在地上，任人挑选。苍蝇如魑魅魍魉，处处飞绕。腥膻气息如霏霏细雨，黏得我一头一脸都是。

鲜鱼市场旁边，许多小摊子因陋就简地摆在污秽不堪的泥地上，木桌木凳，散置四处。摊贩卖的，全是以鱼为主的小食。

让我瞠目结舌的是当地人吃生鱼的那种粗陋的豪放。

从湖里捕获的鱼，放在桶里，直接提到这儿来。摊贩心狠手辣地攥着活鱼的尾巴，把它从桶里抓出来，用力朝地上掼去，鱼儿一声不吭便魂归离恨天了。摊贩用刀子把鱼肉切出来。片片晶莹的鱼肉在盘子里绽放如花，摊贩淋上自制的辣椒酱，一碟碟摆好，等待食客，每碟售价十五比尔（约合新币一元）。这时，贪得无厌的苍蝇，大模大样地站在鲜鱼片上，恬不知耻地坐享其成；然而，食客们居然一点儿也不在意，买了就吃。目瞪口呆的我，不得不怀疑，他们甚至连苍蝇也当作附送品，一并吞下肚去。

我没有勇气品尝附送苍蝇的生鱼片，但是，却无论如何也抗拒不了鱼汤那汹涌澎湃的浓香。汤是以原始的柴火烧出来的，鱼肉在长时间的熬煮下全都溶化了，喝下时，那浓郁到了极致的鲜味，让两道眉毛都"呼呼"地飞走了。日胜去买炸鱼，我看摊子上那锅油，比王羲之的洗笔池还要黑哪！原本不敢沾唇，然而，转念一想，应该没有任何细菌能在如此浓黑的油里存活吧？于是，放胆一试。哟，真是不得了的好味道啊，外皮酥脆、内里柔嫩，一连吃了四条。

意犹未尽，正想起身再买时，突然听到湖畔人声鼎沸，食客们都放下食物，一窝蜂地朝湖畔跑去。我慌忙问道："发生什么事呀？"摊贩不慌不忙地应道："那边有人打架，大家都去看热闹了！"在这"兵荒马乱"的当儿，有个约莫十岁的小孩，出其不意地跑到我面前，问："你要看我跳舞吗？"我还没答腔，他便自顾自地跳起舞来了，脸上五官，全都是音乐；而手扬、脚蹬、腰扭、臀摆，全都是节奏，整个人，好似一个上了发条的小精灵。跳完了，他把手直直地伸到我面前来，说："十比尔。"我掏出二十比尔给他，他喜出望外，立马又手舞足蹈。嘿嘿，多拿了钱，他便多跳一支，货银两讫，两不相欠！

阿瓦萨湖里的鱼，养活了诸多鱼贩和摊贩、也养活了许多鹳鸟和鹈鹕。这个地方，不是装腔作势地展现给游客看的，它飚着汗臭与腥臭，它被噪声噬咬得不成形状；邋里邋遢却又活力充沛，原汁原味地体现出当地的生活景观，充满了无可抵挡的大魅力。

阿瓦萨湖湖畔风光

迪甘的妻子非常漂亮，条条细细的小辫子宛若串串黑色的珠子，风情万种地盘在头顶；光洁的鹅蛋脸镶嵌着一双会说话的眸子，水光潋滟；弧度无懈可击的下巴，丰腴而又性感。她没穿上衣，胸前叠床架屋地挂满了五彩饰物；下半身呢，则简简单单地围了一块布，露出两条修长的腿。

此刻，迪甘以一种充满了权威性的语调对他的妻子说道："转身。"她一刻也没迟疑，便飞快地转过了身子。才瞅一眼，我便倒抽了一口冷气，鸡皮疙瘩像麻疹般电光石火地长满一身。

她的背部，蜿蜿蜒蜒地爬满了一条又一条狰狞可怕的疤痕，像是火山爆发后残留在地壳上的熔岩。每一条疤痕，都在无声地控诉着坚如磐石的传统风俗那令人发指的残酷。

这时，泪水在我五脏六腑恣意泛滥。

东非埃塞俄比亚，拥有八十余个不同的部族；南部奥姆河谷的吐米（Turmi）镇，是哈默（Hamer）部族的聚居处。

迄今为止，哈默部族还一成不变地沿袭着老祖宗的传统，过着复印式的日子。其中最引人注目的，当属"跳牛"风俗了。每名年届十六的哈默男子，都必须经过"跳牛仪式"，才算是跨过了成年的门槛，也才能娶妻生子。

如果有人以为跳牛仪式是哗众取宠地为游客而设的观光节目，那可就大错特错了。对于哈默部族来说，这是他们生活里非常重要、非

哈默族迪甘的妻子

常盛大的一种仪式，每一个哈默村庄每一年都会为适龄的男子们举办好几次跳牛仪式。现在，门户向外敞开了，游客如果时间配合得上，当然也可以付费观看。每人收费五百比尔（折合新币三十五元），还得另付导游费三百比尔（折合新币二十一元）。这样的收费，在月薪普遍只有千余比尔的埃塞俄比亚来说，可说是非常昂贵的。

我在埃塞俄比亚邂逅的一名美国女子伊丽莎白，就曾在几天前观看了跳牛仪式。她坐着车子颠颠簸簸了好几个小时，又在丛林内跋涉了一长段路，才抵达了那个偏远的村庄。在观赏时，她用手机将这个独特的跳牛仪式全程录下了。她问我："你要看看吗？"我忙不迭地点头。

跳牛仪式开始时，十几头经过精心挑选的牛，排列成

行，牛头和牛尾处，各站着一名彪悍的壮汉，一人抓着牛角、一人拉着牛尾；参加跳牛仪式的男子，一丝不挂，身手敏捷地跃上牛背，以蜻蜓点水的美妙姿势和闪电般的速度，在十多头牛的背上毫不间歇地跑着，如此这般，来来回回地跑上四趟，才算是通过了考验，正式告别了青春期而迈入成年期。然而，如果他不慎从牛背上跌下，就前功尽弃啦！参加跳牛仪式的，通常不止一人，同一村庄的适龄男子，都会被安排上阵。

在跳牛仪式进行时，亲朋好友全都会前来观礼助兴，阵容十分浩大。女性们爱以牛油掺杂红泥，把头发、脸部和身体涂抹得红彤彤的，像一朵朵艳丽得十分出格的蔷薇。她们起劲地吹着小喇叭，发狂地蹬着双足，像麻花糖般扭舞；震耳欲聋的声响把天幕都戳出了一个个小洞眼，癫狂的舞姿把旁人的三魂六魄全都勾走了。

跳牛仪式非常有趣，然而，伴随而来的"鞭打仪式"，却

哈默族女子喜欢把头发编成多条小辫子

充满了野蛮的血腥和令人不忍卒睹的残酷。

早熟的哈默男子，在参加跳牛仪式前，往往已经相中了某个心仪的女子，并取得了婚嫁的许诺。这个即将成为他爱妻的女子，还有，这女子的母亲、姐妹以及其他女性近亲，都得在跳牛仪式进行的这一天，熬受地狱般的折磨——她们必须赤裸着背部，被哈默族男子以粗大坚韧的枝条使劲鞭打，打得血肉模糊。

原来啊，根据哈默族的传统，在这一天，女子被男子抽打得越狠、伤口溃烂得越厉害、留下的疤痕越多，就意味着她对男子的爱越深、越浓、越坚定；除此之外，她对痛楚与痛苦的承受力愈大，日后在部族里也愈受尊重。

在现场看过鞭打仪式的伊丽莎白，脸色沉重地说道："你知道吗，我原本以为他们只是象征性地抽一抽，万万没有想到，他们竟是往死里打的！咻的一声，出尽狠劲打下去，女子背部的皮肤就好像被闪电击中，崩裂、糜烂，鲜血淙淙而下；用力这样猛，连枝条都断开了。我忍受不了，放声痛哭；但是，那个受伤的女子，居然取出早已准备好的另一根枝条，恳求男子继续打。一鞭又一鞭，女子背部鞭痕斑斑驳驳的，血流如注，那个惨状啊，使我误以为自己已经堕入了地狱！"

这时，我清清楚楚地看到了伊丽莎白眼中那层晶亮的泪光，停顿了好一会儿，她才以哽咽的声音往下说道："我听说许多哈默族的女子，在进行鞭打仪式的前夕，害怕得睡不着觉，必须喝大量的酒来为自己壮胆。但是，在仪式进行时，她们却又刻意表现出一种大无畏的样子！"说到这儿，伊丽莎白的声音逐渐渗入了愤懑，"你且说说，是怎样一种愚昧迂腐的社群压力，才使哈默族这些女子心甘情愿地接受这种毫无人性的摧残与蹂躏！最让人难以接受的是，家中办喜事，全家十二岁到四十余岁的女性亲属都得一起挨受这种酷刑！"

我原本已经报名去看跳牛仪式了，可伊丽莎白却给我提出了善意的忠告："那种悲惨的场面，你肯定受不了，我劝你不要去。"

一心想要赚取导游费的迪甘尝试游说我："有些哈默族，抽打女子没有那么凶狠粗暴，你不必担心会看到血淋淋的场面。"

我摇头。决定不去，不是因为胆怯，真正的原因是我不愿意付钱去"养"如此荒谬的传统。游客的钱，实际上是"助纣为虐"的。

我对迪甘说："我付同样的钱，你带我们去看看哈默族的村庄，好吗？"

迪甘发现导游费有了着落，立刻高兴地说道："好呀好呀，我就带你去看看我住的村庄，也顺便带你去看看我的妻子。"

哈默族多数住在简陋不堪的茅屋里，没有水电的供应，屋里光线微弱——白天幽暗、晚上黑暗，老老少少

哈默族所住的简陋茅屋

就随意睡在泥地上。他们以放牧和农耕为生——养牛、养羊，种植玉米和高粱。长年以牛奶和羊奶、玉米糊和高粱烙饼果腹，一年至多只能有一两回尝及肉味。

此刻，站在他所住的茅屋前，看着他爱妻背上浮浮凸凸的鞭痕，我忍不住问道："迪甘，你是哈默部族里少数拥有高校文凭和导游执照的知识分子，为什么不尝试改变这个有悖常理的传统呢？"

迪甘耸耸肩，淡淡地说："鞭打仪式已经沿袭多年，怎么可以轻言废除呢？再说，我们的女人是自愿被抽打的，她们对此并没有任何的不满和怨言啊！"

这样的回答，着实让人生气！

说她们"自愿"，实际上，她们何曾有过选择的机会？她们何时有过否定的发言权？迪甘就和所有哈默族的男子一样，千百年来享受着男人"合理"地使用暴力的权力，并自私地把这当作男人大展雄风的平台。在这样的传统下，许多哈默族男子在婚后都理所当然地把家暴当成是家常便饭。

能够唤醒哈默族女子而让她们对不合理传统"揭竿起义"的，恐怕只有教育了。

然而，在哈默部族贫无立锥之地的村庄里，畜牧和农耕都需要劳动力，失学和辍学的孩童，比比皆是。教育的进程，比蜗牛爬行还要缓慢。

哈默女子，究竟什么时候才能盼来真正属于她们人生的春天呢？

看着张牙舞爪地盘踞在迪甘爱妻背上那一条条爱恨交集的鞭痕，我问苍天，天不语……

## 非洲天空下的骆驼

## 其一：骆驼集市

这天早上，天空一丝不挂，那种纯净的蔚蓝，像是深不可测的海。然而，就在这安安静静的天空底下，却有着一片让人难以置信的喧闹——熙熙攘攘的人潮，还有，数百头肥瘦不一的骆驼，正麇集于巴比利村庄（Babile Village）内，进行别开生面的骆驼买卖。

巴比利村庄位于埃塞俄比亚东部，每逢周一和周四，远远近近的人，便将自家饲养的骆驼赶来这个规模盛大的骆驼集市。粗暴的吆喝声、"咻咻"的挥鞭声，将拥挤的空气戳出了大大小小的窟窿。多不胜数的骆驼，汇成了波澜壮阔的大场面。

我适逢其盛，整个人都被兴奋淹没了。

对于畜牧人家来说，骆驼就相当于财富。富裕人家拥有几百头骆驼是等闲之事，贫苦人家呢，两三头骆驼便是全部的家当。有些人，从遥远的村庄徒步来此，必须翻山越岭地走上两三天的路，十分辛苦。

骆驼买家有好几类，一类是出口商，他们将骆驼转卖到阿拉伯国家去，充当运输工具；一类是肉商，开设肉铺以卖骆驼肉营生；还有一类是家有喜事者，买骆驼当聘礼——数目多少视经济能力而定，贫者一头，富者至少十头。

非洲骆驼，多为单峰的，有着短而柔软的毛，毛色或暗灰或深棕。在集市里，它们全都温驯地站着，等待命运的判决。

川流不息的骆驼集市

买家和卖家的嗓门都很大，宛如铁钢般的声音，铿铿锵锵地在空气中犀利地互相碰击。他们扯着嗓子讨论的，是骆驼的长处和短处——卖方化身为"卖瓜的老王"，买方却拼命在鸡蛋里挑骨头。喊得声嘶力竭，然而，等到真正议价的时候，却又成了"沉默是金"的信徒，双方的手指来来去去地纠缠，忙个没完没了。原来他们不愿意旁人知悉交易的内容，所以，用传统的方法，以手指无声地议价。最后，如果双方欢喜地握手，便表示交易圆满完成；倘若潇洒地挥手道别呢，就显示交易不成依然是朋友。

一般来说，骆驼售价介于一万四千比尔至两万比尔之间（折合新币九百八十元至一千四百元），视骆驼形体大小而定。

认命的骆驼

交易完成后，骆驼便被牵到一旁，在身上盖一个蓝色的印，表示"已有买主"了。有些骆驼，极有灵性，眷恋旧主，死拉活拽都不肯跟随新的主人走，那种场面，感伤得近乎悲壮。卖主当然也是心有不舍的，但是，对于畜牧人家来说，悲欢离合本就是生活里注定要上演的戏码啊！许多时候，为了确保交易顺利完成，卖主只好牵着骆驼默默地跟在买主后面，走到运载的卡车旁，再趁骆驼不备，悄然离去，颇有几分"卖儿鬻女"的悲酸呢！

　　在集市里出售的骆驼，多是雄性的；雌性骆驼通常会被留着，用以生育和挤奶。妇女们挤了骆驼奶之后，便装在黄色的塑料桶内，颠颠簸簸地骑了驴子，到大路旁边叫卖，形成了当地一道独特的景观。每一桶三公升，每公升才售二十比尔（折合新币一元四角）。买了一桶，沿途慢慢喝。由于埃塞俄比亚的骆驼是随地放养的，吃的都是天然牧草，挤出来的，当然也就是裨益健康的"有机奶"了，奶内含有丰富的维生素 B、维生素 C、铁质和不饱和脂肪酸。

妇女在路边卖骆驼奶

骆驼们"谈笑风生"

牛奶香，马奶酸，骆羊奶腥。

骆驼奶滋味如何呢？

它没有牛奶的香醇、不具马奶的酸气、也不含骆羊奶的腥膻。它自成一格，滋味十分独特。奶水不很浓，略带咸味，不知怎的，我竟从中尝到了一种很淡很淡的中药香，很是喜欢。

在巴比利村庄附近的哈勒尔古城里，我看到一家售卖骆驼肉的店铺。每公斤骆驼肉的售价是一百八十比尔（折合新币约十二元六角）。屠夫宰杀骆驼的方法是非常原始的——先狠狠地把它细细长长的腿"咔嚓、咔嚓"地砍断，在它痛苦万状地屈下身子时，用锋利的刀子猛猛地割断它的咽喉。哎呀，我忍不住想说："骆驼死得那么惨，它的肉，会不会是苦的呢？"然而，经常吃骆驼肉的饕餮却眉飞色舞地告诉我，形体魁梧的骆驼，肉质极为细嫩，用以烤、煎、炸，俱佳。驼峰多油，煮汤时，丢一块下去，熬好的汤，油汪汪、香喷喷，喝了有羽化成仙的感觉。

一头骆驼，去除骨头和内脏之后，大约可得骆驼肉二百公斤。由于哈勒尔的居民特爱吃骆驼肉，因此，通常一天便可卖掉一整头骆驼的肉了。

当天晚上，到一家餐馆用餐，侍应生问我："我们有烤骆驼肉串，骆驼是今天早上才宰的，肉非常新鲜，你可要试试？"

我忙不迭地摇头，哎，我可不愿把悲伤的肉装进胃囊里！

## 其二：养骆驼人家

雇了一辆车子，告诉司机鸭都拉，我们想去看看饲养骆驼的人家。鸭都拉爽快地说道："没问题，我认识一户人家，就住在距离哈勒尔七十余公里的一个小村庄里。"

车子在曲曲折折的泥路上颠颠簸簸地行驶着，走了老半天后，我看到远远一个空旷的泥地上立着一个五彩缤纷的帐篷，半圆形的，非常漂亮。帐篷外，坐着一名老人。鸭都拉告诉我们，那就是当地饲养骆驼的人家了。我的心，霎时像上了釉彩般闪闪发亮。

饲养骆驼者，就以这帐篷为家

长而粗的树枝，是非洲人控制骆驼
的"武器"

鸭都拉把车停在路边，我们跨过了一条很深的沟渠，再行经一条杂草丛生的小径，来到了帐篷处。帐篷是以稻草混合泥土盖成的，上面严严密密地覆着以五彩碎布缀成的布，个性彰显。

我环顾四周，不见骆驼踪影，老人解释道，骆驼是放养而不是圈养的，家中年轻的一辈一大清早便带骆驼到林野处，让它们四处觅食了。老人友善地说："你们自个儿进去帐篷看看吧！"帐篷内部，十分宽敞，非常干净。我取出相机，正拍得起劲时，外面突然传来了沸腾的人声，鸭都拉赶快领着我们走出帐篷。

外面，有几个人正气势汹汹地对着老人又喊又骂，老人垂着头，没有答腔。他们一看到鸭都拉，便像机关枪一样，把话语铸成一颗颗子弹，一股脑儿地射向他。原来老人的家人们晌午回家做饭，发现老人让我们随意走动却又没有收取任何费用，因而大发雷霆。为了息事宁人，鸭都拉要求我们给一百比尔（折合新币七元）当小费，然而，当鸭都拉把钱交给大动肝火的女主人时，她却满脸怒容地把钱推还给鸭都拉，还"噼里啪啦"地骂个没完没了。鸭都拉生气了，拔脚便走。那群发怒的人跟着我们，来到车子旁边，鸭都拉口气强硬地说了几句话，带头的女人才悻悻然地接过了那张已经被鸭都拉捏得发皱的钞票。

鸭都拉上车后，脸色沉重地向我们解释："这一家人，养了二十多头骆驼，家境不错。我认识那个老人，他非常好客，以前，我带人去参观时，他还常煮咖啡、烙面饼请客人吃。后来，有游客给小费，他的家人便改变了心态。现在，一有人去，他们便伸手讨钱……"

"咦，刚才不是给了小费吗？"我百思不解地问道。

"她嫌一百比尔太少了，要求三百比尔，真是贪得无厌啊！我告诉她，一百不要，就分文不给，她这才勉强接受了。"

目前，在埃塞俄比亚，一般人的日薪才五十比尔（折合新币三元五角），坐享其成的她，居然狮子大开口！

唉，是旅游业"谋杀"了人们原本淳朴的本性。

在埃塞俄比亚门户日渐敞开的当儿，这个憨厚热诚的老人，有一天会不会也变得泼辣贪婪呢？会不会啊？

# 非洲农村风光

双脚一迈入缇沙贝村庄（Tisabay Village），便看到一个六七岁的孩子，衣衫褴褛，面有饥色，手执一根细细长长的树枝，跟在邋里邋遢的牛群后面，放牧。和非洲许许多多牧童一样，他日复一日、年复一年地过着一成不变的日子，"将来"对于他来说，是无色也无梦的。

啊，这就是埃塞俄比亚典型的农村风光了。

埃塞俄比亚的经济命脉是农业与畜牧业。

农耕百分之百以人力为主，在世界的其他地方，每当农作物成熟时，饱满的香气招来群鸟的觊觎，农户多以稻草人负起守护与阻吓的作用，然而，这儿却利用如假包换的农夫和农妇来"站岗"。在猖獗的阳光底下，只见一个个瘦瘦小小的人笔直地站立在纵横阡陌间的木架上，不时挥动手中的树枝，驱赶馋嘴的鸟儿。此刻，田亩间一望无际的金黄，在他们的脑子里美美地化成了一个个烙得金光灿烂的面饼，变作了一碗碗热气腾腾的面糊。正是这种美丽的臆想，使他们得以熬过一个又一个单调无趣的日出日落。另外有些以种植瓜果为主的农户，不堪猴儿不断

"站岗"的农夫

地盗食与骚扰，却又不愿日日去"站岗"，便把空荡荡的衣服套在树枝上，借以吓唬猴儿。可是，狡黠的猴儿几次过后便识破了诡计，不久又三五成群地卷土重来。黔驴技穷的农户，只好又乖乖地站到木架上。看着他们一个个像机械般不断地挥动双手，我心里暗暗叹息："多累人的活计啊！"

缇沙贝村是个人口几万人的村庄，许多村民，贫无立锥之地。为了援助这些无地可耕的贫民，政府将田地租给城里的投资者，由他们按月支付酬劳给贫农，让他们代为耕种。这样一来，国属田地不虞荒废，还可增加国库收入；农夫们呢，也有田可耕、有饭可吃。对于过去屡屡发生饥荒的埃塞俄比亚来说，饱腹实在比什么都重要。

现年二十四岁的村民汤姆士表示，埃塞俄比亚长期经济不振，为人打工，一般月薪是一千比尔（约合新币七十元），大学毕业生也只能挣大约两千比尔。因此，一般人都希望能做点小生意，去集市当摊贩；或者，加入旅游行业，尽管旅游业只是初露曙光，可是，大家都知道这是一门易于赚钱的行业。

汤姆士已经修毕为期三年的导游课程，目前在缇沙贝村庄当导游，专门带领游客去参观附近一处景观极美的瀑布——正是这个瀑布，将游客不远万里地吸引而来。前往瀑布的那一长段路，九曲十八弯，坑坑洼洼的，泥泞不堪。来到烂泥路的尽头，还得乘搭小舟；没人领路，还真

村里的孩子

不易寻着呢！

我们随着汤姆士一脚高一脚低地走着，鞋子、裤脚，全都沾上了污泥，狼狈不堪，我忍不住口出怨言："这是通往名胜景点的必经之路，为什么政府不把路修好呢？"

汤姆士苦笑着说："和民生问题相比，修路是微不足道的呀！近年，政府有感于民怨四起，所以，积极改善百姓生活。在短短七年内，缇沙贝村便增加了一所小学、一所中学、一间诊疗所，这是个了不起的改变呀！"顿了顿，又说，"我们不怕穷、不怕苦，但是，我们要看到改变，改变就象征着希望"。

在埃塞俄比亚旅行，让我最感惊讶的是，尽管贫穷如鬼魅，躲在全国大大小小的角落里，可是，治安却出奇的好。

扛柴的农夫

对此，汤姆士说道："大家都有个共识，我们不怕坏，只怕更坏。国家很努力地在发展，治安一坏，便会把一切的希望捏死。社会秩序一乱，大家都活不成了呀！"

和非洲大部分以文盲居多的村庄一样，高生育率和低受教育率是埃塞俄比亚的一大问题。政府抛出的宣传口号是："教育越高、生育越少，前途越亮、生活越好。"

在生育方面，政府雷霆万钧地宣传，在全国各处的农村渐见成效。年轻的一代，已经意识到没有计划的"随便生养"是毫无幸福可言的。以前一家子拥有十多个孩子是司空见惯的，可现在已经大大减少了。然而，对于许多迄今还沿袭着传统生活的原始部落来说，依然还是"言者谆谆，听者藐藐"，我行我素的。我到南部许多原始部落去，看到的是数之不尽的孩子，无所事事地随处乱跑、随地乱滚，他们那种"滥生滥养"的轻率，令人不得不摇头叹息。

至于教育，农村普遍还是存在着许多难以解决的问题。以农耕和畜牧为主的人家，需要人手帮忙，因此，许多本该坐在课室里朗朗读书的孩童，却赤着双脚，顶着烈日，忙着耕田、忙着放牧。校方对家长晓以大义，强调教育的重要性，可他们却摊开双手，理直气壮地反问："孩子去上学，谁能帮我种田放牛？"是的是的，生计比天大啊！肚子如果饿瘪了，谁还管得了脑袋充实不充实呢？

当然，世事无绝对，像村民汤姆士的父母，便是孩子的明灯。他的父亲，原是农村教员，为了让三个孩子接受良好的教育，千方百计地搬到城市去，留下年迈的双亲，以编织竹篓谋生。难得的是，汤姆士对自小照顾他的奶奶感情深厚，而对缇沙贝村又有一份眷念之情，所以，取得导游执照之后，执意回乡，一方面陪伴奶奶，另一方面，也希望能把缇沙贝村美丽的一面展示给游客看。

汤姆士带游客看瀑布，来回三四个小时，在旅游旺季里，一天至多只能走两趟；然而，在淡季里，就只能守株待兔了。

"你准备一辈子都逗留于缇沙贝村吗？"我好奇地问道。

"当然不！"汤姆士斩钉截铁地说道，"一旦储够了钱，我便去修读旅馆管理学，学成之后，我想到首都去闯闯"。

到首都去寻求发展良机，是所有埃塞俄比亚人心中最璀璨的梦；然而，人浮于事的亚的斯亚贝巴，能够给予"寻梦者"的，恐怕只是像泡沫一般的幻梦罢了！

走了弯弯曲曲的一长段泥路，又颠颠簸簸地乘搭小舟行了一段水路，终于，看到了。

大吃一惊之后，大失所望。

那瀑布，竟然是"闪烁的金色"的！那不是由阳光折射出来的瑰丽，而是夹泥带沙展现出来的邋遢！更意想不到的是，这道瀑布，瘦削而不婀娜，看似营养不良。与其说是瀑布，倒不如说是悬挂着的泥污流水。

汤姆士神情有点尴尬地解释着说："六七月雨量超少，尤其今年，非常干旱。到了雨量充沛的 9 月份，瀑布会变成截然不同的样子，哗啦哗啦，气势磅礴，十分壮观！"

干旱季节的瀑布远景

说着，他把手机里的照片展示给我看，哎哟，果然有天渊之别！

干旱，一直是埃塞俄比亚的"克星"。

20 世纪 80 年代，这儿发生了严重的旱灾，河水与井水都干涸枯竭了，农田与牧场都陷入死亡了；断水断粮，导致百万人丧命，横尸遍野。有人高声悲喊：到底是谁下了魔咒？

看着眼前骨瘦如柴的瀑布，想起过去惨绝人寰的饥荒，我不由得打了个寒战……

天灾挡不了，但是，如果全民教育程度高，有妥当的防范与应对措施，应该是能够大大地减少受伤害的程度的。

今日的埃塞俄比亚，是不是已经具备了抵抗未来旱灾的能力了？

谁能回答这问题？

# 圣城拉利贝拉

极端的震撼让我目瞪口呆，而极致的惊艳又使我忍不住惊呼出声。

是怎样一种鬼斧神工的杰作啊！

在埃塞俄比亚北部的拉利贝拉（Lalibela），有十一所气势恢宏的教堂，以同一座山体岩石开凿雕琢而成，兼有"非洲奇迹"与"新耶路撒冷"之美誉。拥有长达八百年历史的群组教堂，由于保存得极好，迄今仍为当地居民所使用，是活的古迹。

拉利贝拉的岩石教堂让我词穷。没有任何文字可以形容得出那种磅礴澎湃的大气势，也没有任何照片足以反映出那种直冲云霄的大气魄。那是一种让人惊心动魄的感觉，那是一种连灵魂也战栗的感觉。

坐落于海拔两千六百米岩石高原上的这十一座教堂，建于 12 世纪，是当时基督教文明在埃塞俄比亚繁荣发展的明证。

这群组教堂是由上而下凿建在山体岩石内的，工程进行的难度，可想而知。有关方面动用了不计其数的人力，花了长达的三十年才建造完成。建造者首先得在高山上找到完美无瑕的巨型岩石，然后，在巨岩四周慢慢地凿出十多米深的沟槽，使它和整个山体脱离，再根据个别的设计，将巨岩内多余的岩石一点一点小心翼翼地凿掉，形成了墙壁、柱子、祭坛、大小门扉和窗口。之后，再于石壁上细细雕上精巧的花纹图案，绘上彩色的宗教壁画。

十一所教堂，总共分为三个大组群，中间有地道和回廊把它们连接起来。最绝的是，每所岩石教堂都有截然不同的设计与特色，教徒们就根据自己的喜好，慎重地选择每周做礼拜的教堂。

那天，清晨6时许，在寒凉的微风里，我到美丽绝伦的圣玛丽教堂（St. Mary Church）去参加声势浩大的晨祷会。聚集在户外的教徒，只能用"人山人海"四个字来加以形容。尽管人潮多如潮水，可是，秩序井然。修

圣城拉利贝拉（1）

在羊身上写字

圣城拉利贝拉（2）

士们的诵经声糅合着富于节奏的击鼓声，响彻云霄。信徒或以头抵墙祈祷，或伏地叩首感恩，或默读经书，或闭目诵经。在他们脸上，我看到了比山更高、比海更深的虔诚……

值得一提的是，信徒用以焚烧祈祷的香烛，是以染成黄色的棉线密密实实地交叉编织而成的。埃塞俄比亚人在棉线里加入蜂蜡，使之坚实挺立。这香烛，两头都可燃烧，节俭的埃塞俄比亚人，可真懂得物尽其用啊！

拉利贝拉另有一所遐迩闻名的古老教堂，建在一座海

圣城拉利贝拉（3）

拔一千六百米的高山上，拥有九百年历史，是以大理石、木料和石头为材料，在巨岩底下建成的，美丽一如童话屋。万万意想不到的是，光线幽暗的大堂里，赫然放着好几千具骷髅（也有资料显示总共有一万多具骷髅）。这些骷髅，层层相叠，四周仅用一张透明的网围着。有些骷髅呈阴森的青白色，有些则呈暗沉的灰黑色；有些很完整地展现了骷髅的形状，有些则碎不成形，只看到大块小块的碎骨。有历史学家指出，九百年前，有大量的埃塞俄比亚人和少数的以色列人、埃及人千里迢迢地到拉利贝拉朝圣，过后留在此地修行。最后，老死于此，尸首便送进教堂放置，旷日持久，便化为骷髅了。然而，也有考古学家指出，这些骷髅已有三千年的历史，是从山上的洞穴

圣城拉利贝拉（4）

移来这儿的。由于缺乏可靠的历史考证，难以判断何者才是真实的。这天下午，坐在骷髅堆中听众说纷纭，看着骷髅阴森诡谲地闪出的微光，我的鸡皮疙瘩不争气地掉了一地……

拉利贝拉这个为群山所环绕而风光旖旎的圣城，目前人口四万余人。居民以农耕和畜牧为生，简陋至极的茅屋和木屋，鳞次栉比地排在巍峨大气的岩石群组教堂周遭，形成了巨大的反差。络绎不绝地走在路上的，有牧羊人、樵夫、农夫等。羊儿咩咩的叫声不绝于耳，圆圆的羊粪散落四周。

埃塞俄比亚虽然拥有广袤的土地，可是，由于国家常年在贫穷线上挣扎，没有足够的资金引入先进的机械和设置良好的灌溉系统，因此，旱灾一来，首当其冲的，往往就是胼手胝足的农户了。当地人无奈地说道："我们有愿意劳作的双手，我们有愿意拼搏的意志，可是，外在环境却不肯助我们一臂之力！"

到贫户的家小坐，光线幽暗的茅屋，异常狭小，厅堂、卧房与厨房三合一，没有厕所。一家之主到深山去砍柴了，年轻的主妇正蹲在土灶旁生火，给全家老小炊煮面糊。婆婆坐在矮凳上，睁着无神的眼睛，盯着没有希望的将来。四个稚龄孩子，百无聊赖地在屋外的泥地上翻滚嬉戏。

主妇向我表示，茅屋是每个月以一百五十比尔（约合新币十元七角）向政府租赁的。一家七口，就挤在这个局促的空间里过活。靠近大门处，有个鼓鼓囊囊的大布袋，装满了美国捐助非洲贫户的面粉；倘若缺乏了这样的救济品，一家大小便得不时挨饿了。这，就是拉利贝拉贫户典型的生活写照了。此刻，屋内嗡嗡乱叫的蚊子，强行在我手臂和小腿留下斑斑点点的"蚊吻"，痒得我恨不能把整层皮掀掉！

下午到圣城最"繁华"的大街去逛，美容店、理发店、服装店、床褥店、小食店、咖啡店、手机店，应有尽有。这些紧凑排列在一起的小店铺，全是因陋就简地搭建而成的小木屋。店铺门口，羊儿、狗儿、猫儿、鸡儿，任意徜徉。牲畜的粪便，拉得满地都是，苍蝇与臭气共舞。

店前泥路，雨季一来，处处泥泞，污秽不堪。

　　由于没有平整的公路，由一个景点前往另一个景点时，车子在砂石满布的路上颠颠簸簸，五脏六腑都纠结成一团，当地人戏谑地把这称为"非洲式的按摩"。

　　让我最适应不了的，是拉利贝拉缺乏公共厕所。在气势磅礴的岩石群组教堂一些比较阴暗的角落里，氤氲着刺鼻的臭气，而成群沾着尿味的苍蝇也飞来绕去地将臭气四处扩散。据当地人告诉我，那是访客"随地小解"造成的恶果。

　　拉利贝拉已被列为世界文化遗产，拥有丰富至极的旅游资源。遗憾的是，长期以来流传着的各种负面新闻，导

圣城拉利贝拉附近简陋的房屋

致一般游客不敢前来。近年来，政府已经意识到旅游业能够带动经济的兴旺，所以，开始有所行动了——道路在开辟，旅馆在兴建，而像蛀牙一般密密麻麻地散落在岩石组群教堂周遭的陋屋，也将在三年之内迁移他处。

　　这天，我看到了一所设计新颖、异常漂亮的圆顶建筑，据当地人告诉我，那是专为游客而建的厕所，尚未启用哩！可以预见，目前集辉煌与落后于一身的拉利贝拉，在几年之后，将会以一种崭新的面貌迎接游人。

[ 第二章 ]

# 乌干达

早上，猖獗的阳光落在沉默不语的布云依湖（Lake Bunyouyi）上，那斑斑驳驳、闪闪烁烁的光影，仿佛是许许多多欲说还休的秘密。那陈年的秘密，是如此的阴森诡谲，布云依湖因此常年罩着一层神秘的色彩。

这个狭长的大湖，位于乌干达（Uganda）西南部，总共有二十九个岛屿，多数岛屿都无人居住。

乌干达共有六十五个不同的部族，而散居于布云依湖周遭的，多数是巴基嘉族（BaKiga）。

此刻，我和日胜乘坐的那艘摩托艇，正全速驶向湖中心最小的一个岛屿。

布云依湖是非洲第二深湖，湖水浅处四十四米，最深处九百米。这个藏着秘密的小岛，有个令人战栗的名字——处刑岛（Punishment Island）。

处刑岛方圆仅仅三百平方米，杂草高与人齐，岛上孤零零地伫立着一株很高很瘦的桉树，空秃秃的枝丫上面，阴阴沉沉地站满了鸬鹚。这些颈项特长、鸟喙特尖、翅膀特大的鸬鹚，活像一群心怀叵测的女巫。数百年来，这群"女巫"见证了无数稚嫩的生命

布云依湖总共有二十九个岛屿

摩托艇开往臭气熏天的处刑岛

惨死于此。

摩托艇一驶近，立刻有一股恶臭的气味来势汹汹地侵袭着我的嗅觉。我不由得惊喊出声："尸臭！"船夫立刻应道："不是啦，我想，应该是鸬鹚吃不完的鱼腐坏了，遗留下来的臭气吧！"如果说，这不是尸臭，那么，我敢肯定，这是昔日冤魂残留下来的气息，借以提醒后人这儿曾经发生过的悲剧。等我从摩托艇下来，走进这个荒草萋萋的小岛之后，更加坚定了自己的想法。

岛上，除了那株桉树之外，没有其他任何植物或果树，到岛上来的人，即使要寻找区区一枚浆果来果腹，也

处刑岛的桉树上，阴沉地站满了鸬鹚

全无可能。据说，过去盘踞着那棵桉树的，不是丑陋的鸬
鹚，而是恶毒的秃鹫。秃鹫张牙舞爪地觊觎着，一旦那像
鲜花般的生命凋萎了，它们便迫不及待地飞扑上去，争相
咬噬、饱餐。

处刑岛，数百年来，是巴基嘉族专门用以对付那些未
婚先孕的女子的。

巴基嘉族的家长严禁女儿婚前发生性关系，除了自己
严加管制之外，每家每户都委托一名近亲（比如少女的阿
姨）严密加以监督。一旦发现少女珠胎暗结，便会立马禀
报她的父母。一经土医证实怀孕事宜，少女的兄弟便会将

她五花大绑，送到偏僻荒芜的处刑岛去，让少女和腹中胎儿一起活活地饿死。

处刑岛上，既无食用水，也无食物；短则十天、长则两个星期，大小两条宝贵的性命便会香消玉殒了。死了，亲人也不来收尸入殓，任由秃鹫啄食，把一群秃鹫养得肥肥胖胖的。

一般来说，未婚先孕的少女多数处于情窦初开而心性未定的豆蔻年华。一个巴掌拍不响，怀孕的少女为此被摧残致死，那么，种下那枚爱情苦果的人，又得承受怎样的惩罚呢？答案令我极端震惊：他无须承担任何责任！

我生气地问一位当地居民鲁迪亚："这个致使少女怀孕的人，明明知道死神的魔掌已经伸向了他的爱人，为什么他不设法把后退无路的她救出来呢？比方说，在风高月黑的夜晚，雇一艘船，神不知鬼不觉地把她带走。"鲁迪亚摇头说道："万万使不得呀！一旦被发现，女的依旧被处死，男的不但会被人瞧不起，而且，不为社会所容。就算远走他乡，恶名还是如影随形，处处都找不到立足之地，虽然活着，却和行尸走肉没有两样了。"鉴于此，没有一个偷吃禁果的男子敢于"英雄救美"。我又问鲁迪亚："反正处刑岛没有一兵一卒，为什么身怀六甲的少女不游泳逃走呢？"鲁迪亚说道："女子都不谙泳技啊，当时社会风气闭塞，女子是不准学游泳的。再说，布云依湖深不可测，就算是游泳健将，恐怕也不敢轻易下水啊！"

为了遏制婚前滥交而以如此残暴的手段来对付少女，而且，还是一尸两命，身为父母的，难道就忍心这样把两代人送上不归路吗？鲁迪亚叹了一口气，说道："说来你也许不相信，其实，正是父母大力支持这个做法的。"他进一步解释道，巴基嘉族的男子在婚娶时必须以牛来支付聘金，而牛在当地就等同于财富，所以，父母历来"只重生女不重男"。巴基嘉族的男子非常注重女子的贞操，如果在新婚之夜发现妻子不落红，父母必须退回所有充作聘金的牛，这样一来，辛辛苦苦把女儿养大的女方家长不啻是"竹篮打水一场空"了。为了避免吃这大亏，父母都赞成把偷吃禁果的女儿送往处刑岛，借以"杀一儆百"。

以残酷的"法规"来捍卫道德的这种做法，是有待商榷的；但是，以"经济的考量"作为"严刑峻法"的支撑点，就着实令人扼腕叹息了！

那天，离开处刑岛时，我全身上下都散发着臭烘烘的气息……船夫指出，我一定是不小心沾到了鸟粪。可我明确知道，那是古老不合理的残酷条规所遗留下来的臭气，这股臭气促使每一个到访处刑岛的人深思。

这项惨无人道的法规，在 1922 年被废除了；有关当局继而把性教育列为学校科目之一，积极从教育着手，以文明的方式遏制性滥交。

尽管如此，当年男女不平等的待遇，今日，在乌干达的社会层面，还是清清楚楚地显现着。比方说，明文规定

一些酋长拥有三妻四妾，也是司空见惯的

婚姻必须遵循一夫一妻制，可是，许多事业有成的乌干达男子却以拥有三妻四妾为荣；而年轻的未婚男子呢，"一脚踏两船"的现象也比比皆是，他们不但不认为这是隐秘的事，反而时时挂在口头上，当作自我炫耀的谈资。在一些原始部落，酋长一人拥有多房妻室，更是司空见惯的；而这些原始部落的女子，并没有意识到这是不对的，她们只是把这当成传统的一部分，理所当然地接受着、无怨无尤地沿袭着。

　　我认识的一名乌干达男子桑达耶，继承了父亲的大笔遗产，开设了一家运输公司。年方三十，事业成功，生活优渥。他迄今未婚，但却同时拥有两位亲密女伴和其他一些常来常往的女友，其中一位女伴还为他生了一个女儿。我问他："为什么已经身为人父，但却没有考虑走入婚姻的殿堂？"他半认真半戏谑地说："婚姻？那是自由的杀手啊！"他在"自由的沃土"上自在地种植着"爱情的树木"，一棵、两棵、三棵、四棵……在"爱情的树林"里，女方的感受，是全然不被考虑的。

受邀到桑达耶的祖宅去做客，他的父亲已经去世了，坟墓就设在自家占地三十亩的庭院里，对于桑达耶的母亲来说，这是身份地位的象征——因为他父亲拥有一妻三妾，母亲是正房，住在祖宅；其他三门偏房，是不能踏入祖宅的。桑达耶总共有十六名同父异母的兄弟姐妹，每年圣诞节，所有的孩子都集中在祖宅里大吃大喝、欢庆佳节，但是，三门偏房却得各自孤独地对影成双。在乌干达

歌声缭绕于寂寞的布云依湖

狂歌劲舞，是部落妇女生活里唯一的消遣

这个由男人主宰的传统社会里，女人一切都得听命于男人。桑达耶的母亲与其他女人多年以来"共享"一个丈夫，直到丈夫去世后，她才"盼得云开见月明"，完完全全拥有了他。他在坟墓里，长日长夜地伴着犹在阳间生活的她。

过去，被送到处刑岛的女子，唱着的是惨绝人寰的悲歌。今日，在乌干达现代社会里响着的，却是另一种形式的悲歌……

## 芭蕉恋

那是一个非常奇怪的早上。

天色是粉青的，阳光是嫩绿的，即连四周回旋着的风，也是翡翠色的。

眼前，铺天盖地，全是芭蕉[①]、芭蕉、芭蕉。层层叠叠、密密麻麻、迤迤逦逦、蜿蜿蜒蜒；成丘、成山、成溪、成河。

我好像堕进了一个绿色的梦境里，一个氤氲着淡淡香气的梦。

这儿，是芭蕉集市。

在盛产芭蕉而又以芭蕉为主食的乌干达，像这样的集市，比比皆是。

批发商以卡车把芭蕉运送到此，分销商和摊贩们便分别驾着面包车和骑着自行车，来这儿选购。

铺天盖地的芭蕉

① 文中提及的"芭蕉"，指的是"菜蕉"（俗名），有异于水果类的芭蕉。

吃不尽的芭蕉

载我们来看芭蕉集市的,是古玛。古玛是我们在乌干达雇用的司机,性子活泼,一口英语说得如水般流畅,有成箩盈筐的笑话,几天相处下来,大家已熟稔一如老友了。

古玛告诉我们,在乌干达,芭蕉品种不下百类,然而,常见常食的,有二十余种,色泽深浅不一、形状长短迥异;古玛只瞅一眼,便能准确地道出芭蕉的品种和食用方式了。我惊叹:"你简直如数家珍嘛!"他笑道:"芭蕉是我们乌干达人的命根子呀,我能不熟知吗?"

这一类芭蕉,硬如石头,不甜,久放不软。乌干达人将它蒸软了,碾成泥状,配以酱汁、豆类或肉类,是主食,相当于我们的米饭。其他品种的芭蕉,视性质的不同,分别用来炸、煮、炒、烤,烹饪方式千变万化。此外,乌干达人还利用芭蕉来酿造果汁、甜酒和啤酒,并用以烘焙各式蛋糕、点心、面包。对于乌干达人来说,芭蕉就犹如空气,是不可或缺的。

古玛问我们："你们可愿试试 Luwombo？"那是乌干达驰名的风味餐，每一道菜都是以芭蕉叶裹着烹煮的。我忙不迭地点头，他当即拨通了手机，请他岳母赫莉莎为我们烹煮。由于烹饪方式异常烦琐，需要两天的时间准备。

赫莉莎住在一栋单层的房子里，房子前面，有如茵草地。我们抵达时，草地上已经铺好了几张席子。古玛说："根据传统，我们都是在户外品尝这风味大餐的。每逢佳节或是家人生日，我们便煮来解馋。大家席地而坐，一边开怀大吃，一边开心聊天。"

哟，这芭蕉风味大餐，竟然是促进家庭凝聚力的"亲善大使"呀！

赫莉莎在准备芭蕉风味大餐

我们心情美美地坐在树荫底下，赫莉莎端出了一个又一个大大的盘子，盘子上放着一包又一包以芭蕉叶包裹着的食物。她小心翼翼地打开，一缕一缕香气迫不及待地蹿出来，蓬蓬勃勃地在空气里弥漫开来。

主食是蒸得糜软的泥状芭蕉，味咸。其他分别裹在芭蕉叶内的，是鸡肉、鱼肉、牛肉、蔬菜和豆类。这些食材以不同的酱料腌制之后，再隔水蒸上四个小时。

赫莉莎表示，食材用芭蕉叶裹住，能够避免直接触及旺盛的炉火，煮成后的菜啊肉啊全都嫩软多汁；而芭蕉叶在炉火的熬炼下，也会快乐地释放出一股清香的气息而层层渗透进食材里，从而繁衍出一种独特的口感，把肉类的腻味全都消除了。

那天中午，在言笑晏晏间，我们全都把肚子吃成了肥肥圆圆的气球，一戳便破。

在乌干达旅行期间，古玛每天都会在车内放一大束芭蕉，时刻都吃；傍晚回到家以后，主食依然是芭蕉。我忍不住问道："嗳，你早也吃晚也吃，怎么老吃不厌呢？"他笑嘻嘻地应道："哎呀，芭蕉千滋百味，吃上一生也不厌啊！"

嘿嘿，乌干达人，是以味蕾和芭蕉谈恋爱的。

# 距离

在乌干达，出发到默奇森瀑布国家野生动物园之前，丛林导游安德鲁便再三告诫我们，非洲的水牛和野象，貌似驯良，其实是高度危险的，绝对、绝对不要为了摄影而靠近它们。

安德鲁指出，游客常常将亚洲水牛和非洲水牛相混淆，实际上，前者已经被驯化了；后者呢，习性凶猛，比张牙舞爪的狮子更为危险，是非洲伤人最多的动物之一。

那天早上，我们坐着四轮驱动车子，进入了处处暗藏危机的野生动物园。

车行不久，我便看到了一大群水牛浸在泥泞的水池里，安安静静地晒着"日光浴"。安德鲁解释，水牛怕热，白天常爱泡在水里，或者，躲在阴凉处歇息，晚上气温转为凉爽时，才出来寻觅草粮。非洲水牛是群居动物，由斗性顽强的母牛统领。它们的性子是如此的凶悍而又暴戾，整群出现时，即连拥有"万兽之王"称谓的狮子也退避三舍。

我注意到有形只影单的水牛像高深莫测的哲学家，静静地在草原上徜徉，仿佛在享受沉思冥想的乐趣；可安德鲁明确地指出，像这类离群而居的"独行侠"，往往是危险性最高的，水牛好斗，常常为了争取领导权而进行恶斗，斗输了的，便被赶出群体之外，寂寞终老。这些硬生生地被"放逐"的水牛，满腹怨怒，脾气火爆，千千万万惹不得。偏偏有些游客看到区区一头水牛在闲适地浪荡，认为构不成威胁，便开门下车，近距离拍照，结果呢，被冲过来的水牛撞得肚破肠流，当场死于非命。

非洲另一种必须"敬而远之"的动物，是野生大象。

亚洲大象和非洲野生大象是截然不同的，前者温驯可爱，可以让人骑着去寻幽探秘，它们在接受了驯兽师的训练之后，能够在马戏团里进行各种逗趣的表演。至于非洲野象，性情凶残，不易驯服。想要骑它？连门都没有！

和非洲水牛一样，野生大象也是群居动物，唯象群是由公象所引领的。在野生动物园，我看到一头雄赳赳的野象神气活现地在前方走着，后面一群大象小象安定若素地跟随着，秩序井然。其中两头大象远远地落在后头，长长的鼻子相互缠绕，好似耳鬓厮磨的样子。安德鲁笑嘻嘻地说道："瞧，这两头共浴爱河的野象，正在甜蜜地调情呢！"

安德鲁透露，曾有一名游客，觉得大象调情的方式非常可爱，便大胆趋近，用摄影机拍摄，那头隐私被干扰的公象怒不可遏，猛然以那根缠绵缱绻的鼻子大力扫向他，他仰天翻倒，大象觉得还解不了气，继而用鼻子把他卷

非洲象是群居动物

起，高高地举起来，重重抛掷于地。这时，游客整张脸已经血肉模糊，五官不辨了！安德鲁说，大象的皮，又厚又粗，皮上有纹路极深的皱褶，只要轻轻地触及人们脸部，薄嫩的脸皮立马会被它惨惨地磨掉。

大象和小鸟和谐相处

从安德鲁的叙述里，我发现惹祸上身的游客，都是因为一厢情愿地想要拉近他们和野生动物之间

非洲象

的距离而被伤害的。

距离，是很奥妙的。它是让彼此能够自由呼吸的一个美丽的空间，这个空间，是必须被尊重的。一旦逾越了界限，当然会引起强力的反击啦！一切苦果，都是咎由自取的。

人与动物之间，需要保持距离；人与人之间，何尝不是呢？就算亲如夫妻，也需要一个属于自我的活动空间啊！

保持距离，既是保护自己，也是尊重他人，尊重自然。

## 大宝库

住在乌干达海拔一千余米的其巴莱国家公园（Kibale Forest National Park），每天早上到热带雨林漫步，惊喜地发现，这个长满了奇花异草的丛林，真是一个大宝库啊！它是乌干达人的药房、厨房、超市，要啥有啥。

丛林里，有两百余种树，其中最有趣的，是"厕纸树"。树叶阔大、内含汁液，虫蚁以它为粮库，常常把它咬啮得千疮百孔。据当地人告诉我，把叶子摘了，带回家去，放上两天，它就会变得非常柔软，可媲美上好的厕纸。我意兴勃勃地摘了十来片，带回旅舍，搁置一旁；两天过后，果然柔软如云絮。用了，浑身都散发着树叶淡淡的清香，俨然成了一棵会走动的树。哈哈。

另有一种树，果实长长瘦瘦，淡淡的米黄色，宛如尚未煎烤的德国香肠，唤作"香肠树"（Sausage Tree）。将它坚硬如石的果实击碎，在沸水里煮上一个多小时后，饮用那水，可治疗胃溃疡呢！大象嗜食这种果实，我忍不住想说："不知道是不是吃得太多，大象的鼻子才会变得那么那么长的？"

在丛林里看美丽绝伦的曼陀罗花，它们就像是一群穿了飘逸舞裙的美娇娘，风来时，

香肠树　　　　　　　　　　曼陀罗花

便在树上旋舞。这种娇丽的花，有一个令人闻风丧胆的绰号——"死亡陷阱"。它的根、茎、叶、果实，全都有毒。误食后，口舌干燥、皮肤潮红、瞳孔散大，心跳加速，烦躁不安，渐渐产生幻觉、昏迷，最后死于呼吸衰竭。曼陀罗花是虫蚁的最爱，然而，一旦沾唇，那就是它们"最后的晚餐"了。在那朵朵绚烂的花儿上，就阴森诡谲地黏着许多虫蚁的尸体。嘿，美丽的外遇，不也正是许多男人致命的陷阱吗？瞧瞧，两者何其相像啊，第一眼的惊艳，带来的生理反应是"口舌干燥、皮肤潮红、瞳孔散大，心跳加速，烦躁不安"，接着，产生幻觉，最后，身败名裂、身陷囹圄……艳丽的曼陀罗花，是当头棒喝的"警世之花"呀！

　　有种树木，自我保护的意识非常强。它的叶子，柔嫩多汁，猴子特爱之。最奇特的是，叶子有两种颜色，初生者鲜红，一旦叶子长大、长老，便转成了苍绿色。猴子只吃老迈的绿叶，不吃柔嫩的红叶，因为它们吃素不吃荤，而红叶在它们眼中宛如一块块生肉，它们绝不沾唇。这种聪明的树，因而得以生生不息地繁衍下去。世间万物，都有其生存之道。手上如果没有三两样武器而想行走于江湖，不啻自讨苦吃。

丛林有个令人惊叹的奇景：同一棵树，居然有超过百个鸟巢，犹如垂挂着许多饰物的圣诞树，喜气洋洋。大大小小五彩斑斓的鸟儿，在枝丫与枝丫间、在树叶与树叶间，和谐共处。目不暇接的游人，看得满眼璀璨、满心欢喜。鸟儿们安心筑巢，舒心住巢，既没人恶意干扰，更没人蓄意破坏，它们那种心无所惧、海阔天空的啁啾声，听起来分外悦耳。在地球战火四起的当儿，看到了这个众鸟快乐聚居的王国，既羡慕又向往。

丛林最让人惊叹的是那种"无声的公平"。有些果子，色泽鲜丽，坚硬如石，味若黄连，不宜人类食用，但却是猴子的最佳食品；有些菇类，动物不爱，但却是饕餮的上佳选择。造物者在创造万物时，把人、走兽与禽鸟的福利都考量在内了。

大丛林，是启迪智慧的大课室。

## 河马的故事

看图片、看卡通片，觉得河马极具喜感。四条细细的腿，不成比例地支撑着两三吨重的庞大身躯，远远看去，好似惹人发噱的日本相扑运动员。它圆鼓鼓的眼珠和超大的嘴巴，构成了不谙世事的憨厚模样，横看竖看皆可爱，让人真想领一头回家当宠物呀！

然而，现实生活里的河马呢，却是千千万万惹不得的。

曾经看过两段视频，河马发怒时的凶狠残暴，令人不寒而栗。

其中一段视频显示的是一条鳄鱼懒洋洋地趴在沙滩上歇息，一头母河马突然发疯一样冲上前，张开血盆大口，在电光石火间，就把整条鳄鱼打横咬在大大的嘴巴里了。原来啊，一头小河马就天真烂漫地站在离鳄鱼不远的地方，河马妈妈觉得鳄鱼的存在威胁了它孩子的安全，因此，先下手为强。

另一段视频展示的是，一名在乌干达国家公园工作的看守员，拿着对讲机在讲话，正在草丛里进食的河马觉得自己受到了干扰，怒不可遏地窜出草丛，朝他冲去；看守员魂飞魄散，化身为出弦的箭，发狂奔逃。我这才发现，动作看似笨拙颟顸的河马，跑起来，居然也像一股肥肥的风——时速可达四十余公里哪！幸而看守员素有“长跑冠军”的美誉，才能化险为夷。

力大无穷而牙齿锐利的河马，具有一定的攻击性，因而被视为危险的杀手。

伊丽莎白国家公园（Queen Elizabeth National Park），是乌干达著名的野生动物园，里面住着的河马多如恒河沙数，估计有四五千头，早已成了享誉全球的“河马乐园”。

傍晚，我们刚在公园的营地住下，导游埃尔博便再三警告：“夜晚，河马会在野生动物园里四处走动，你们如果要外出如厕，一定要通知警卫陪同。白天里，如果你们单独出去而不幸碰上河马，千万千万不要趋近，以免触怒它们。万一它们发动攻击，你们不要直线向前逃跑，应该

爱德华湖里的河马

以'Z'字形奔逃，因为河马视线不好，这样做可以混淆它们的视觉。"

有名英国人告诉我，她夜半肚子疼，紧急奔向厕所，回来时，赫然看到一头河马居心叵测地站在她的营帐外，她吓得花容失色，赶快退返厕所，彻夜留在那儿，与臭气共眠。

埃尔博表示，河马其实是不会无缘无故地对人类发动攻击的，狭路相逢时，只要脚步轻盈地绕道而走，便可逃过一劫。如果留在帐篷里呢，安全度则能达到百分之百，因为河马是不会鲁莽地闯进去的。"井水不犯河水"的这个道理，河马是了然于心的。

埃尔博指出，河马的一大"克星"，是炭疽病。这是一种人畜共患的急性传染病，感染后，会导致发烧、出血、死亡。炭疽病于 2005 年和 2010 年在乌干达肆虐时，先后夺去了多头河马的性命。

那晚，在营帐里，河马叫声不绝于耳。我就在那单调而又浑浊的叫声内渐渐入梦。梦里屡屡与河马相遇，奔呀逃呀，把一生该做的运动量都做足了，累得够呛。

尽管伊丽莎白国家公园各种野生动物多不胜数，但是，我一心一意想要看的，却是这可爱而又可怕的河马。然而，如果不懂得河马生活的习性，纵然处身于"河马乐园"里，要看河马，却也不是一件易事哪！

次日，一大清早，坐着四轮驱动的车子在野生动物园

长颈鹿在咬嚼树叶

的泥径里纵横来去，狮子、大象、鹿、疣猪，都见到了，但是，河马却不多见。埃尔博解释道，河马是水陆两栖的动物，白天一般待在河流或湖泊里休息，到夜幕低垂时，才三三两两地上岸来，在沼泽附近水草繁茂的地方或是丰盛的草丛地带觅食，吃饱了，便在草丛里睡觉。天亮之后，才又陆陆续续地回返水里。他进一步解释道，河马的皮肤异常敏感，如果长时间待在岸上，皮肤会出问题，所以，它们白天必须待在水里，凭借水的湿度来滋润皮肤、调节体温，防止表皮干裂。

说着说着，车子在离水不远的地方戛然停下。就在那儿，我们看到了一对河马上演了一出生活剧。"老婆"要留在岸上吃草，"老公"却要回返河里，两不相让，互相吼叫。最后，"老公"负气走向河里，一边走，一边吼，非常生气的样子；"老婆"呢，依然好整以暇地留在岸上，津津有味地吃草。有趣的是，原本已经进入河里的"老公"，放心不下，又水淋淋地走了回来，站在"老婆"旁边，一直吼、一直吼，"老婆"受不了时，就狠狠地吼回去，啊，多像人间里的寻常夫妻呀！我笑得打跌。埃尔博诙谐地说，当"老公"忍无可忍时，便会发生家暴了。有时，两头公河马也会因为争风吃醋而大打出手。当它们动粗时，会以比匕首更为锋利的门齿和犬齿去攻击对方，即使厚如铜壁的皮肤，也会被咬得伤痕累累！

下午，乘船游览爱德华湖（Edward Lake），哇哇哇，真是名副其实的"河马乐园"啊！河马，一群群安安静静地浸在湖水里，仅仅露出了半个可爱的头颅。埃尔博指出，河马的外皮下面，有一层厚厚的脂肪，它们因此可以轻易地浮起于水面；而一旦遇到危险的话，它们便会快速潜入水中，但每隔一段时间，必须露出水面换气。有趣的是，河马有个像"阀门"一样的生理结构，每当它潜水时，这个具有防水作用的"阀门"，便会适时盖下来，借以防止湖水或河水流进鼻子、眼睛和耳朵。造物者的神奇，于河马身上清楚显现。

河马喜欢群居生活，每个组群少则二三十头，多则上百头。它们在湖里的栖息地点是固定的，张三李四不可以随意侵占。如果有不识时务者擅自闯入，同一组群的河马便会群起围攻，让它"吃不了兜着走"。

我们在湖上逗留了很长的时间，这些懒洋洋的河马，就像是入定的老僧，纹丝不动。表面上看起来风平浪静，实际上危机四伏。我看到好些渔夫在湖面上撒网捕鱼，咦，这不就等于在虎口里拔牙吗？埃尔博明确指出，让河马感觉安全，渔夫有"保命要诀"。那些富于经验的渔夫，都懂得如何避开河马歇息的"地雷区"。据说曾有一名生手误闯"禁区"，结果呢，暴怒的河马把渔船连同渔夫一口咬成两截！

说来有趣，河马对人类最大的"贡献"，竟然是它的大便。埃尔博说，鱼类嗜食河马大便，因此，凡是河马聚集之处，必有大量的鱼类麇集，给当地人提供了丰富的渔产。

河马，以自己独特的方式维持了生态的平衡。

车子经过游人如织的集市，我急忙对司机古玛说道："停，停车！"

我看到了处处晃动着的斑斓光色——杧果，大大小小、肥肥瘦瘦，一箱箱高叠着、一堆堆随意地散置着；黄色青色红色，交相辉映。杧果丝丝缕缕浓郁的香气，恣意渗进了像钻石一般洁净的阳光里。走在这样的阳光底下，我的五脏六腑，全被熏得无比芳馥。

乌干达盛产杧果，品种多不胜数，简直可以把人活生生地吃疯了。

上好的那种，丰满妩媚，香气浓烈，每颗一千先令（折合新币五角）。买了六颗，送两颗给古玛，没有想到，他眼睛眨也不眨，便摇头拒绝："这种杧果，我不吃。"我说："摊贩说，如果不甜的话，原价奉还呀！"古玛笑了起来，说道："问题恰巧就出在这儿啊，像这类驳种的杧果，味道不纯，吃来吃去，就只剩下一个甜味，死甜，像在喝加了糖精的杧果汽水。告诉你吧，真正好的杧果，产自农村，千滋百味，保证能让你吃得神魂颠倒！"嘿嘿，这古玛，活像个农村的杧果促销商。

过了两天，到农村去。

乌干达满天满地都是杧果

　　一所所破落的茅屋旁边，一棵棵枝叶茂盛的杧果树千娇百媚地绿着，蓬勃的阳光透过了层层叠叠的枝叶，调皮地把杧果树的影子闪闪烁烁地泼洒在地上，连简陋不堪的茅屋也很虚假地变得华丽了。

　　茅屋前方的空地上，放着一篮一篮待售的杧果，颗颗小如拳头，暗沉的青色，模样儿不是很讨喜，可是，颗颗都散发着树叶的清香。令人难以置信的是，满满一大篮，有三十余颗，居然才卖区区的一千先令（折合新币五角）！衣衫褴褛的村童，蹲在篮子旁，鹄候。

　　古玛迫不及待地买了一篮，欢喜地说："这是极品杧果呢！"说着，取了一颗，也不削皮，便"咔嚓、咔嚓"地咬着吃了起来，脸上的陶醉，让人感觉他在吃一个梦。

他边吃边招呼我："吃啊，你吃啊！"我说："没刀子削皮呀！"他笑道："这种极品杜果，得连皮带肉吃，才有劲啊！"我取了一个，触手极硬，分明还没熟透。古玛说："我最喜欢的就是这种半生不熟的杜果，那些熟透的，软绵绵的，哪有这种脆生生的好吃！"他吃完一个，又吃一个、再吃一个，仿佛这杜果能让他长生不老。我呢，才咬了一口，头发便很煞风景地竖立起来了——杜果大酸、生涩，根本不堪入口。

这古玛，味蕾怎么如此古怪？

古玛顾不得说话，一口气吃了四个，才算解了馋。拭了拭嘴，肚子发出了咕嘟咕嘟的声响，我知道，那是陈年旧事在他体内发酵了。

村里人苦苦等候买主

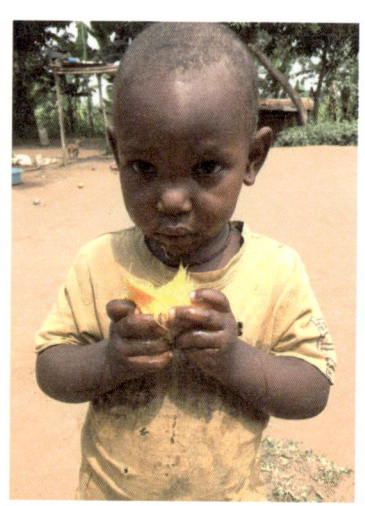

孩童把杜果当零嘴

古玛说："童年，和祖母一起住在农村里。她在屋旁种了好几棵杧果树，我们兄弟姐妹就像猴子一样，成天爬树取乐。爬累了，就摘杧果吃；吃得腹胀如鼓，午餐也就解决了。后来，离开农村到城市谋生，我最怀念的，就是这种百味麇集的杧果了。年过七旬的祖母，是在爬树摘杧果时，不慎跌死的。我赶回来奔丧时，在屋后看到她给我准备的一大袋杧果……"

古玛说这话时，脸上是那种波澜不起的平静。有时，人世间最深的悲痛，往往就藏在不动声色的淡漠里。

古玛刚才狼吞虎咽的，其实不是杧果，而是那种一去不复返的童年滋味。这种滋味，糅合了浓得化不开的亲情、乡情、大地情，是人世间最美的味道，也是无可取代的味道。

# 农村一瞥

那天早上，撒在大地上的阳光，温柔一如披在身上的棉絮；清凉的微风，软软地兜着人的脸。

我们来到了乌干达一个人口五千的典型农村毕钩蒂。乌干达共有六十五个不同的部族，而聚居于此的，是巴土柔族（Batooro）。

过去，这个贫穷落后的农村没有食用水的供应，村民只能饮用邋遢的河水，疾病肆虐。近年来，政府努力改善村民生活，净化水源，驳接水管，让村民到公共水喉取用干净的食水，大大地提高了他们的生活质量。尽管大部分村民还愁苦地蜷缩在贫穷的硬壳里，可是，乐天知命的他们，却把美好的希望寄托在明天。

我注意到每所大房子旁边都有一所小房子，村民告诉我，根据巴土柔族的传统习俗，家中男儿年届十二，便得动手为自己建造一所房子，再利用四年的时间不断地加以完善，到了十六岁时，就必须独自一人搬到那所小房子去住，一直到二十余岁成婚之后，才和妻子搬回大房子与父母同住。建造屋子，可说是巴土柔族少年所接受的第一次人生历练，旨在训练独力行事与应付挑战的能力。少年以毅力、努力、创造力去建造一所专属于自己的房子；整个艰苦的过程，与他日构建自己人生的方式是一样的。经历了这项严峻的考验之后，少年也就迈入了成熟的门槛了。

为了提高国民素质，政府也大力提倡教育。现行的教育体制是沿袭自英国的。除了母语之外，其他科目都是以英文学习的。因此，上至达官贵人、下至平民百姓，都能以流畅的英语进行沟通。

那天，在毕钧蒂村庄闲荡时，经过一所小学，信步进去参观。

这所学校，是由教会创办的，过去只有天主教徒才能入读。现在，政府接办，为了促进国民和谐，不分种族和宗教，只要有名额，谁都可以入读。

毕钧蒂校园风光（1）

第二章 乌干达

此刻，有许多男孩子在课室前面干硬的泥地上跑来跑去，粗犷的喊声，像是一股股毫不协调的气流，在空气中"噼噼啪啪"地碰撞，散发出满天满地的噪声。原本以为他们在上体育课，走近一看，才发现他们抢着在踢的，是几颗不知名的野果呢，宛若椰子般大小，硬壳上还长着茸茸的毛。

整所学校只有七间课室，可是，其中却有两间处在"无政府"状态中，孩子又喊又跳，宛如置身于花果山。我一探头入内，天真无邪的孩子们便像风一样，"呼"的一声，飞卷到门口来。我一举起相机，他们便齐声喊道："拍我，拍我！"他们手舞足蹈地摆出各种滑稽的姿势，着实惹人发噱。然而，看着眼前没有教师管束的一片乱

毕钧蒂校园风光（2）

在羊身上写字

课室

象，我却又不由得深深叹息了。

　　该校的行政人员无奈地表示，穷乡僻壤，师资难求。有时，好不容易从城市里调来了新的教员，但是，才教了短短一两年，便适应不了乡下"要啥没啥"的简陋生活或者嫌弃乡下孩子粗野难教，决然辞职它去。雪上加霜的是，从事农耕的家长，农忙时节需要人手帮忙，学生缺课率非常高。他们农闲时节重来上课时，又赶不上进度，渐渐地，失去了学习的兴趣；最后，索性退学。

　　尝一脔，知一鼎。

　　看来，乌干达这个拥有三千多万人口的国家要全面扫除文盲，迈向全民教育，还得走上一段很长很长的道路哪！

布云依湖是全非洲第二深的大湖泊，水面烟波浩渺，讳莫如深地藏着无穷无尽的故事。

那天早上，在氤氲的雾气里，船夫划着狭小的独木舟，将我们送往湖中心一个名叫布瓦马（Bwama）的小岛去。

这个小岛，过去，是麻风病院所在处，大家避之唯恐不及。当麻风病受到控制之后，乌干达政府在1988年将病院改建成一所学校，目前有小学生两百余人，中学生百余人。除了小部分留居岛上的学生之外，大部分师生都住在周遭其他岛屿内，每天早上，都得花上一个多小时，划着独木舟来上学。家长的大力支持、老师无微不至的关怀和独特的教育方式，是学生天天不辞劳苦地上学的驱策力。

布瓦马小岛

布云依湖的风光

从独木舟下来，走了一段小路，仰头一看，忍不住"哇"了一声，真是漂亮呀！

错错落落地散在山峦上的校舍，与美丽的湖光山色自然地结合为一个整体。

乌干达这所位于湖泊中心岛屿的学校，有着许多有趣的教育理念。

湖畔种植了一排大树，校方把许多核心价值观写在牌子上，高高地挂在大树上，每隔一段时间便更换不同的牌子。安德鲁校长告诉我，每周上道德课时，学生就在树下围成一个圆圈，在教师的循循善诱下，针对特定的课题，进行热烈的辩论，从而激发思想的火花。这些课题包括："在中学推行性教育的利弊""工艺教育与人文教育孰轻孰重"等。我想，学生们浸在湖光山色里学习，思维一定特别敏锐吧？

课室外面的墙壁上，也写有许多激励性的语言，诸如："自律是成功要诀""自重是成事要素""爱家为本，爱国为根""求学时期，对性说不""保护地球""人与动物，和谐相处"等。

引起我注意的，是以下这则标语："女子月经来潮是正常的。"对此，安德鲁校长解释道："在乌干达，许多女孩把月经来潮当作邋遢、丑恶、羞耻的事，再加上她们没有钱买卫生棉，经血一弄脏校服，就等于告诉大家，她来月经了。鉴于此，一到了月经来潮的年龄，她们便不肯

安德鲁校长

上学了，辍学率非常高。我们通过口头教育和实际行动双管齐下地帮助她们——除了在课堂上教导她们关于生理卫生的常识之外，我们也动用学校基金，买进大量两寸来厚的垫褥，让女学生在家政课里学习裁剪垫褥，做成卫生棉。这些卫生棉，不是用过即弃的，而是可以不断地循环再用的。"

这所学校，实践与理论并重。比如说，学校设有农业课，老师除了灌输学生以各种农业农耕的常识之外，还开辟大片耕地，让学生学习种植高粱、马铃薯、番茄等农产品。农产品成熟之后，校方便送到集市售卖，再让利润回归教育基金，以此照顾贫寒学生。

安德鲁校长带我到生物实验室去，我看到了蛇尸、鸟尸，还有其他昆虫的尸体。一组学生拿着放大镜，仔细地研究蜜蜂身体的结构、一组学生正在称鸟儿骨头的重量，另一组学生则在解剖蛇的尸体。安德鲁校长表示，如果孩子死读理论，只能读出死脑筋，教师应该通过较为灵活的教学方式让他们开窍。比如说，教师在上生物课时，将学生分成三组，提出了三个问题：其一，蜜蜂如何酿蜜？其二，鸟儿为什么会飞？其三，蛇能在地上快速爬行的秘诀是什么？之后，就让学生通过实物自行寻找答案。这样，才能举一反三，也才能激发他们更大的学习兴趣和探索精神。

这是一所以启迪学生智慧为经线，而以照顾学生福利为纬线的学校，处处充满了爱和温暖。此刻，远处近处的粼粼波光，都泛着亲切的微笑，莘莘学子就在这重重微笑的包围下，快乐地学习。

在羊身上写字

快 乐

［第三章］

卢旺达

出发之前，我们一再被告诫，到卢旺达（Rwanda）旅行，有两大禁忌。

其一，千万不要问对方属于什么族群。

其二，万万不可提及种族大屠杀一事。

1994 年，在短短的一百天之内，约有一百万图西族人被胡图族人杀害。这个话题，不但是游客的禁忌，也是所有卢旺达人的禁忌。

到首都基加利（Kigali）的"大屠杀纪念馆"去，在纪念馆播放的纪录片里，我听到了劫后余生者真实的心声。

接受访问者，全都是图西族。

甲说："大屠杀让我亲眼见证了人类变为禽兽的过程。那时，对于胡图族来说，不管是恩重如山的老师、情谊深厚的知己、朝夕相见的邻居，甚至，有肌肤之亲的配偶、有血缘之亲的孩子，只要是图西族，便该被杀死、便要被灭绝。我的伦常观念全都被颠覆了，我在濒死的恐惧中，完完全全迷失了。我到现在都不敢相信，种族，居然成了胡图族杀人的合法理由！种族，居然成了图西族被杀戮的唯一原因！"

乙说："我邻居的孩子，是我母亲的干儿

许多信徒借宗教的力量平复心中的痛苦

子，从小看着他长大，视他如己出。大屠杀开始时，他用布蒙着脸，露出一双阴森的眼睛，提着刀，对我母亲凶残地喊道：'我要杀了你，拿去烧烤，再把你吃掉！'他下手时，毫不心软，狠狠一刀，便让她毙命了！我的父亲，则是被他的学生杀死的。这个学生，家境贫寒，父亲一直代他垫付学费，也一直在学习的道路上为他打气。但是，那天，当他痛下毒手时，眼神里却只有仇恨！"

丙说："大屠杀进行时，我们一家子和其他无数人躲在国家体育馆。胡图族包围了体育馆，凶神恶煞地喊道：'杀掉，全都杀掉，一个都不要留！'我那年十岁，躲在母亲身后，我看到母亲抱着襁褓里的弟弟，对手拿刺刀朝她走来的暴徒厉声大喊：'不要，不要！'可是，当暴徒一刀刺穿了弟弟的胸膛时，母亲立刻安静了。在那一刻，刺刀还没有刺向她，可是，她已经死了。我逃过一劫，是因为我当时惊吓过度，昏厥在地。大屠杀过后，我活在无止无尽的噩梦里，几乎天天都在哭喊中醒来，我真的、真的希望，当时也和家人一同死去啊！纪念馆建成之后，我每天都来。在这里，我感觉与家人重逢了。我就静静地坐着，缅怀过去共度的快乐时光。只有这样，我心中无可遏制的伤痛才能稍稍缓和。"

丁说："我们常常一起饮酒作乐的好朋友中有一个是胡图族，大家感情融洽，无所不谈；然而，大屠杀发生时，他却翻脸不认人，见一个杀一个，好像砍的是一棵一棵没有知觉的树！"

戊说："我的父亲是活生生地被抛入粪池里，再被乱石砸死的！我很想遗忘，但是，无论我如何努力，都还是

卢旺达百姓住宅

在羊身上写字

遗忘不了，我清清楚楚地记得每一个让我战栗的细节！"

类似这样人性泯灭的例子，多如恒河沙数，言之不尽。

大屠杀过后，卢旺达彻彻底底地死去了。

房子被焚毁，交通系统被破坏，社会严重失序。成千上万的人流离失所，遍地死尸成了饿狗的粮食。尸臭弥漫、疾病肆虐。父母双亡的稚龄孤儿无所适从，而成年的幸存者呢，不是遍体鳞伤，便是断手缺足。更多的人，目睹亲人被强奸、被凌辱、被虐待、被杀害，虽然自身活下来了，但却陷入严重的精神抑郁症里，有者甚至精神失常了。

事后，整个国家陷入了一蹶不振的混乱中。政府除了必须快速重建社会秩序、复原全线崩溃的经济之外，还面对着一项异常艰巨的挑战和无比严峻的考验——究竟应该如何帮助人民治疗巨大的心理创伤，尽快把他们引返正常的生活轨道中呢？

有关方面经过了周全的考虑与策划后，通过多种不同的渠道，颁布了多项果断的政策，为百姓消除魑魅魍魉般的恐惧阴影。这些措施包括：为全民更换身份证，删除身份证中"种族"这一栏，让大家知道，卢旺达是属于全体国民的，是不分你我的。此外，政府还逐步为那些曾在大屠杀中血流成河的城市更换名字，比如说，城市基布耶（Kibuye），便被易名为卡龙吉（Karongi），政府希望能够借此消除所有黑色的记忆。

在卢旺达，人们在街头巷尾恣意谈论有关大屠杀的一切，是被明令禁止的；但是，在一些主要的城市里，政府却刻意设立"和解村"，让胡图族人和图西族人一同入住，通过定期的集会，让双方有机会敞开心门，尽情掏出深藏于内心的话。

一名图西族人在聆听了他人的倾诉后，坦白地说道："我原本以为我是最大的受害者，因而一直都深深地陷在痛苦的泥淖里，难以振作。但是，在这儿和其他人交流之后，我才恍然发现，每个人都有惨痛不堪的经历，我的遭遇和他们相比，简直就是小巫见大巫啊！既然那些跌落于地狱底层的人都能咬紧牙关撑过去，我为什么不能呢？"

一名父母双亡而一直被愤怒与仇恨咬啮心叶的图西族人说道："最近，政府挖出了大屠杀受害者的骨骸，妥善安葬，给予死者应有的尊严；从中，我看到了痊愈的曙光。看来，遗忘是复原的唯一途径了。"

一名参与杀人的胡图族人，饱受内疚与后悔折磨，经过讨论之后，幡然醒悟："以前，我恨的是对方；现在，我恨的是自己。我必然是失智了，才会做出这种丧心病狂的事。我犯下的滔天大罪是不可原谅的，我铸成的人生悲剧是无可挽回的，所以我愿意付出毕生的努力来做出弥补。"

说得最好的，是一名性子平和而劫后余生的图西人：

载歌载舞，是促进种族和谐的途径之一

"我爱和平，在我眼中，不论甲乙丙丁，都是卢旺达人，都是生活在同一个空间里的亲密伙伴。可是，这个国家却教我去憎恨那些不属于我族群的人。大屠杀过后，我的父母和手足，全都被杀光了，只剩下一无所有的我。在报复和原谅这两者之间，我选择后者。如果我在国土里种植恨的种子，恨会像蒲公英，到处飞扬，生生不息。倘若我种植的是爱，爱会成树、成林，给人绿荫，让人乘凉。"

胡图族和图西族在真诚地交换心声之后，其中一方由衷地道歉，另一方呢，则大度地接受。双方在时间的冲刷下，都尝试遗忘那刻骨的痛苦教训，并把"永不再犯"当作是终生的座右铭。

在政府具有诚意的努力下，今日的卢旺达，已是一只

快乐的卢旺达儿童

浴火重生的凤凰。

　　首都基加利呈现了崭新的面貌，街道整洁，百花齐放；高楼耸立，车辆川流不息；然而，让我印象深刻的、真正触动我心的，并不是它繁华的市容，而是绽放于人们脸上的笑花，还有，两族之间互相扶持的那份温暖。

# 湖泊的黑色记忆

那湖，阔得无边无际，像一则虚构的谎言。

那湖，深得全无底线，像一个诡谲的阴谋。

那天早上，没有风，湖一贯地沉默。云雾缭绕的远近山峦，风情万种地漂浮在清澈的湖水上；群鸟麇集于树上，即连喁喁啾啾的叫声也被染成了翠绿色。岸边嫣红姹紫的花卉气势如虹，香气如莽牛，横冲直撞；那香气，实在太凶了，倒好似要掩盖些什么似的。

此刻，我泛舟于湖上，对着如画美景，不知怎的，薄薄的心叶却冒出了无数尖尖的芒刺。双目只要一触及那粼粼的波光，心房便隐隐作痛。

这湖，就是令人闻名丧胆的基伍湖（Lake Kivu）了。多年以来，不计其数的冤魂在湖泊深处发出凄厉的哀嚎。

基伍湖

独特的捕鱼方式

    基伍湖位于卢旺达和刚果的边界上，是中部非洲海拔最高的大湖，风光旖旎，原是游人争相前往的人间天堂。可是，在1994年卢旺达胡图族人对图西族人进行的种族大屠杀里，这个澄澈如水晶的基伍湖，却成了惨绝人寰的弃尸处。当时，聚居于湖畔城市基布耶的图西族，在短短一百天之内，便被杀害了五万余人，占该城图西族人口的90%，实在令人毛骨悚然！

    尸首堆叠如山，鲜血泛滥成河，尸臭四处弥漫，湖畔城市惨惨地沦为人间地狱。挖坑埋尸，耗时费事，也缺乏足够的人力。弃尸于湖，成了最快捷、最便利的解决方式。

    基伍湖平均深度为二百二十米，最深处达四百七十五米。它成了有史以来最"别开生面"而又最为恐怖的"水冢"——满是炮弹与刺刀窟窿的尸首，横七竖八地漂浮于水面，蔚蓝的湖水转成了狰狞的鲜红色。千娇百媚的基伍湖，彻彻底底地死亡了，只留下一份永远也无法被遗忘的残酷记忆。

大屠杀事件平息之后，有关当局花了很长很长的一段时间，清除湖里浮浮沉沉的尸首。表面上，尸首好像被彻底清理了；然而，基伍湖却依然笼罩在黑色的死亡气息里。

"秀外慧中"的基伍湖，盛产各种美味可口的鱼类，可说是当地百姓"予取予求"的"大宝库"，也是当地人最大的经济来源。在大屠杀事件发生期间，纷纷抛落湖中的尸首，饱饱地滋养了湖泊里多不胜数的鱼儿，无论是小

基伍湖捕获的鱼

齿湖鲱、沙丁鱼、鲶鱼、罗非鱼，都蓬蓬勃勃地长得丰满肥硕。当地人敏锐而又强烈地感觉，鱼儿身上，有着他们亲人的血和肉，因此，大家都不愿、不敢、不肯吃。尽管事后湖水已经被消毒净化了，可是，余悸犹存的百姓，仍然在湖中清清楚楚地看到汹涌澎湃的鲜血。

游人寂寥的基伍湖，又死了一次。

事隔二十余年后的今天，在政府与全民的努力下，基伍湖已经恢复了波光潋滟的美丽姿彩，鱼儿在水中絮絮低语，游人再度前来，渔夫撒网不辍。岸边，花红柳绿，山山俱秀色。

我到鲜鱼批发市场去看，由基伍湖捕获上来的鲜鱼成箩盈筐，叫卖声此起彼落。对于没有背负历史包袱的年轻一代来说，"种族大屠杀"只不过是一个陌生的历史名词而已；然而，对于曾经看过尸首遍布湖泊的年长一代来说，落在胃囊里的每一尾鱼，都是难以消化的，因为他们患了可怕的"精神胃溃疡"。这种病，即使华佗再世也治愈不了，时时刻刻牵动着他们身心那丝丝缕缕的痛，清清楚楚地提醒着他们，不能再让明媚的基伍湖染上无辜的鲜血，不能啊不能！

# 校园里的森森白骨

层层叠叠的山峦，安静而又庄严地环抱着这所占地宽阔的学校。从外观上看起来，这所学校，和任何其他"知识的大宝库"并无两样，办公室、课室、实验室、礼堂、食堂、操场，一应俱全；然而，讳莫如深的山清清楚楚地知道，在这"貌不惊人"的学府里，蕴藏着一个惊天动地的大秘密——就在二十多年前，它见证了发生于此的一个惨绝人寰的大悲剧。

这所工艺中学，坐落于卢旺达以南一个名字唤作尼亚马贝加（Nyamagabe）的村庄里。1994年的4月份，校舍的建设即将竣工了。它设计新颖、设备齐全，处处呈现着宏图大展的新气象；社会人士和莘莘学子，全都引颈企盼。然而，就在这时，吹起了一股"山雨欲来"的阴风，空气重得像秤砣，沉沉地压在人们的心上。有个让人惊扰不安的传闻甚嚣尘上，传言说，胡图族人即将对图西族人进行灭族屠杀，而这一项恐怖的阴谋，已经酝酿多时了。

对于所有的图西族人来说，彻骨的恐惧就好像附在心上的水蛭，他们分分秒秒都颤抖难安。这时，突然有"善心人"到图西族聚居的村庄，沿家挨户地通知他们赶紧躲进那所尚未竣工的工艺学校去，并强调说这是唯一可以保命的藏身处。

数以万计的图西族人争先恐后地挤进了那所学校里，当学校的每一寸空隙都宛若沙丁鱼般挤满了人时，军方却出其不意地派出大批胡图族士兵四面包抄学校；此举并不是要保护藏匿于此的图西族，恰恰相反，他们要以毫无人性的残酷手段杀戮他们。

士兵切断了水源和粮食的供应，在缺水缺粮的困境里弱化他们；紧接着，他们给广大的群众（胡图族）提供手榴弹和刺刀，怂恿他们放胆去校园里屠杀图西族人，将他们杀个片甲不留。

原本循规蹈矩地过活的平民百姓，哪有胡乱杀人的勇气？于是，军方便让他们纵情喝酒以壮胆。很多喝得醺醺然的胡图族人"雄赳赳、气昂昂"地朝学府进发，群情汹涌地将手榴弹丢进学府里，一时硝烟四起，惨叫声不绝于耳。他们杀红了眼，连续不断地抛掷了一枚又一枚手榴弹，校园里血流成河、尸首成山。当整所学校被奄奄一息的、死亡的气息笼罩着时，他们还不依不饶地拿刺刀冲进去，将那些一息尚存的图西族人一个一个刺死，即连妇孺也难逃厄运。

屠杀之后，数以万计的尸首怎样处理呢？

胡图族人挖坑，挖出一个又一个大坑，把尸首像垃圾一样胡乱抛进去。这所原本用以栽培"国家未来主人翁"

的学府，就这样成了阴森恐怖的"万人冢"，尸臭处处飘、蛆虫满地爬，宛如人间地狱。

1996年，卢旺达政府从"万人冢"里挖掘出一千二百具完整的尸骸，分别移到其中六间课室里，公开展示；其他的碎骨，也全被挖出来，安置于另外八个公墓里。

现在，这所学校已经成了种族大屠杀永久性的纪念馆。

负责人带我们去看陈列于课室内的尸骸，门一打开，强烈的尸臭立马扑面而来。一副副骷髅骨，完完整整地陈列着，我仿佛还能看到他们脸上那种充满了愤怒与不甘。最让人不忍卒睹的，是许多儿童的尸骸；像新生花瓣一样欣欣向荣的孩童，就在这种"斩草除根"的灭族行动里，硬生生地被剥夺了成长的机会。

每一副尸骸，都是一丛悲愤的火；每一副尸骸，都是一个血的控诉。

这一天，是 2016 年 7 月 30 日，是一个美丽的星期六。

在卢旺达首都基加利，一大清早，步行到距离旅舍不远的博物馆去，但却出乎意料地吃了闭门羹。去咖啡店用早点，却又发现当天闭门休业。上超市，铁门冷冷地关闭着。大街上，就连计程车和巴士也隐没不见了。

哎呀，基加利这个昨天还是生龙活虎的城市，怎么到了星期六竟然变成了一座死城？探询之下，才知道卢旺达政府把每个月的最后一个星期六定为"全国大扫除日"（当地语言称为"Umuganda Day"）。在这一天，上至总统和部长，下至贩夫走卒，凡是年龄介于十八岁至六十五岁者，全都得参与这项义务性质的大扫除，时间是由上午 8 点到中午 12 点。在这个时段内，所有活动，一律停止；所有景点、餐馆、店铺，全都不准营业。

这项强制全民参与的活动，包括打扫街道、疏浚沟渠、种植树木、建校建屋，等等；哪儿需要帮忙，哪儿就有援手。

上述活动，由来已久。远在部落时代，酋长便要求族人每周拨出两天来进行清洁工作，目的是利用族人来提供免费的劳动力，保持地方的清洁。后来，卢旺达成了德国的殖民地，条规稍有改变——有关当局把每周两次的大扫除活动改为每月一次，强制全民参与，旨在为广大民众培养社会服务的意识。再后来，迈入了比利时殖民时代，依然还是沿袭着这项深具意义的美好传统。

1962年，卢旺达独立，以胡图族人为主导的政权建立了。

"全国大扫除日"这项根深蒂固的传统，当然也毫无疑问地沿袭着。然而，胡图族和图西族之间冰冻三尺的仇恨，却变成了日益尖锐的对峙；两者之间剑拔弩张，大大小小的冲突，像顽强的火势，这边灭了，那边又起。"全国大扫除日"，逐渐变成了一个硝烟弥漫的"地雷日"。

1994年，震惊全球的种族屠杀事件发生后，整个卢旺达陷入了惨绝人寰的灾难里。事件画上句号后，卢旺达满目疮痍，百废待举。然而，国家经济可以重新建设，百姓内心那鲜血淋漓的创伤，却难觅良药。

这时，"全国大扫除日"注入了新的意义，它变成了两大种族的"黏合剂"。参与者在携手完成了有关的清洁活动后，会一起坐下来，坦诚地提出所发现的各种问题，共同谋求解决的方策，从而促进全民的凝聚力；与此同时，他们也会根据当前的热门课题，展开讨论，激发出思想的火花。政府借此释放一个明确的信息——"建设国家，人人有责"。

众人拾柴火焰高，在"共同建设美好家园"的大目标下，在全民团结的努力下，现在的基加利，已脱胎换骨。

柏油马路坚实牢固，交通井然有序。街道上，既没有衣衫褴褛的乞丐，更没有四处游荡的牛羊。全城树木普植，绿意盎然；处处花木扶疏，花香氤氲。豪华餐馆、规模宏大的购物中心比比皆是。晚上外出，灯火灿然，治安良好。人民快乐友善，和谐共处。坦白说吧，我完完全全无法把这个笑影晃动的国家和二十二年前那个宛若人间地狱的卢旺达联想在一起……

这一切的一切，当然都得归功于 2000 年上台执政而广受全民拥戴的现任总统保罗·卡加梅（Paul Kagame）。是他，推出了一系列利民的政策，把原本碎裂不堪的卢旺达重新黏合，使它熠熠地绽放异彩！

# 拾海星的人

一走进这个生气勃勃的地方，便接触到一种赤裸裸的快乐。

在那不算很宽敞的空间里，有七八个年龄不同的女子，从容而自信地坐在缝纫机前，把一匹匹花里胡哨的布料化成一袭袭时髦亮丽的衣裳、变为一个个设计新颖的包包、裁成一件件实用美丽的围裙。在另一个小房间里，一名中年妇女正耐心地指导着五六名女子学习编织，她们手中的织衣棒，宛若着了魔一样，在五彩绒线之间飞快地来回穿梭、灵活地上下缠绕，构成了炫人眼目的斑斓。她们黝黑明亮的脸上，藏着朵朵蓄势待发的笑花，是一种非常幸福的表情。在毗邻的一个房间里，放置了四台电脑，几名少女在老师循循善诱的指导下，聚精会神地按着键盘，打出一个一个英文词汇，晶晶发亮的眸子，熊熊地燃烧着学习的热忱。

在卢旺达这一个名字唤作穆桑泽（Musanze）的小镇里，我参观了上述由美籍女子珍妮所创办的"助贫自立社"。

六十多岁的珍妮，说话的速度很快，蔚蓝如海的眼珠子滴溜溜地转动着，整张脸看起来没有一个地方闲着。她在十余年前到卢

自力更生的卢旺达女性（1）

旺达当义工，这儿许多家庭一无所有的赤贫震惊了她。更令她揪心的是，许多适龄的女孩没有求学的机会，许多成年女性又没有一技之长，贫穷因此成了一个黑黢黢的无底洞，她们死死挣扎，却一生一世也爬不出来。

最让珍妮觉得忧心的，是卢旺达人那种"TIA"哲学。在他们的意念里，非洲就是"千疮百孔"的，不管发生什么糟糕的事，他们都会耸耸肩，无所谓地说："Well, this is Africa（TIA），what can we do？"（嘿，这就是非洲，我们又能怎样？）这种"听天由命、得过且过"的心态，就造成了许多人不思进取的苟且，成了一个恶性循环。

珍妮知道，想要改变这种心态，必须实实在在地给予援助，不能只是空泛地说些不着边际的激励话，或者是空

自力更生的卢旺达女性（2）

喊口号求取改变。她也意识到，不断地给她们鱼吃，是于事无补的；唯有教会她们捕鱼，才是治根之道。知识就是力量，珍妮认为摆脱贫困最有效的办法，莫过于给她们提供技艺的训练，让她们自力更生。

有了"助贫自立"的大方向之后，她回返美国，发动筹款。然而，筹得的款项不足，无法开展轰轰烈烈的大计划，但是，珍妮坚信，水滴石穿，凡事只要有了开始，便能集腋成裘。

2008 年，珍妮在市中心租了一个地方，买了缝纫机，又买了多匹廉价的花布，免费教导贫家女子学习缝纫。当她们的手艺达到一定水平后，珍妮便把质地上好的布料交由她们裁剪缝制，再将这些制成品出售后的利润均分给她们。她们尝到甜头后，一传十、十传百，都蜂拥前来报名。珍妮教会了她们，幸福是不会平白无故地从天而降的，必须凭借勤劳的双手去追寻、争取、创造。由于僧多粥少，轮候的名单长得看不到尽头，珍妮只好一趟趟地飞返美国去筹款。

她感慨地说："在卢旺达，需要关注、需要帮助的人，实在太多太多了，但是，肯伸出援手的人，又实在太少太少了。我只能算是个'拾海星的人'。"

被她挽救的"海星"，一枚枚在辽阔的海洋里，活出了鲜亮的自我。

自力更生的卢旺达女性（3）

这家小店，是卖木薯粉的。店东是个六十多岁的妇人，尽管岁月的刷子把她的头发全都糅白了，但是，沉重的生活担子却不曾压弯她的脊梁。她的脸上，丝丝缕缕的全都是怡然的笑意，即连像沟壑般深的皱纹，也在弯弯地笑着。她并不是个守株待兔的人，她主动出击。坐在店里的小木凳上，她用小小的炭炉煎木薯饼。香气好像一个一个充满了诱惑的小钩子，把络绎不绝的顾客勾进门来。这时，她就以接近成本的低廉价格把煎好的木薯饼卖给顾客，并趁机推销她的商品："这木薯粉啊，是我亲手研磨的，百分之百纯粹的新鲜木薯，没有掺杂其他的东西。"走进店铺的人，嘴里咀嚼着香气四溢的木薯饼；走出店外时，手里总提着一两公斤的木薯粉（每公斤五百先令，折合新币一元）。

妇人微笑地对我说道："外面许多小摊子卖的木薯粉不纯，所以，我的回头客特别多。"

当你真诚地对待生活时，生活必然也会真诚地给予回报。

这妇人，一刻也闲不下来，当顾客渐趋稀落时，她不煎木薯饼了，改编织毛衣。我坐在一旁看，她手势纯熟，两只手好似上了

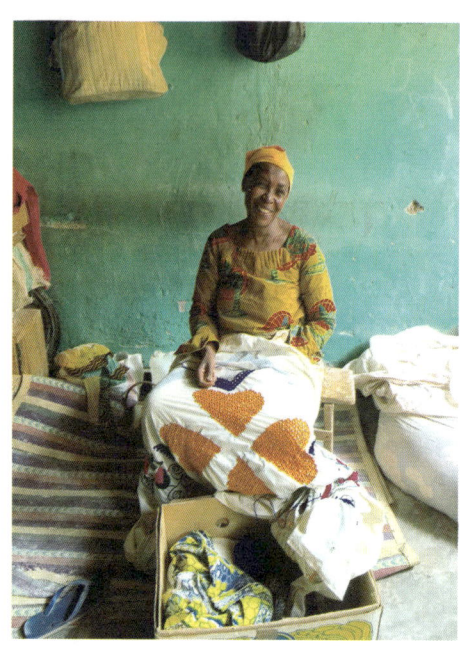

努力工作给百姓带来了
希望的曙光（1）

发条般，来回穿梭，五彩毛线渐渐呈现出斑斓如蝴蝶的面
貌。她笑眯眯地说："我织的小毛衣，供不应求呢！"这
时，有人上门来兜售来自基伍湖的小鱼，一公斤三千先令
（折合新币六元），她眼睛眨也不眨，便买了一公斤，转
头对我说道："我有十个孩子呢，拼命工作，就是要让他
们吃得好一点。"

非常感动。

在卢旺达首都基加利，像上述妇人这般争分夺秒地
与生活拼搏者，随处可见。"勤劳"这词儿，是卢旺达人
挂在嘴边的口头禅，他们常说："只要有一双手，便不怕
饿死；如果要过较好的生活，要诀就是勤劳。"一般固定

工作的薪金很低，但生活成本却不低，比方说，牛肉一公斤三千先令，鸡胸肉一公斤高达七千先令（折合新币十四元）。一名年轻人告诉我，他家有五个兄弟姐妹，如果一个月能够吃上一顿肉，就算是很幸运了。为了改善生活质量，在基加利，一个人兼做两三份工作，是很常见之事。此外，人人都对做生意趋之若鹜，因此，街边摊贩多如过江之鲫。

尽管生活像块巨石碾压着卢旺达人，难得的是，压不碎他们快乐的天性。走在街上，随处可以看到灿烂一如向日葵般的盈盈笑脸；而当外来游客遇到问题，他们总是很乐意伸出援手，非常友善、非常可亲。

经历了1994年灭绝种族大屠杀的动乱之后，卢旺达

努力工作给百姓带来了
希望的曙光（2）

人渴求的是稳定的社会、安全的环境、有规律的生活、有亮光的未来。如今，人均收入虽低，但是，能够享有目前这种"双安"（安定、安全）和"双有"（有序、有希望），他们都感恩惜福。

一名卢旺达人一脸满足地告诉我："童年，我们一家子住在简陋的木屋里，屋子前面，是泥泞的烂路，寸步难行。在短短十年间，我和家人却能搬进钢骨水泥的屋子里，屋子前面，是铺设得极好的柏油马路。生活的逐步改善，让我们清楚地看到了国家美好的前景。"

许多人问我："去卢旺达旅游，安全吗？"

试想想，一个国家的人民如果都同心协力地为了建设更健全的未来而倾尽全力去拼搏，还会不安全吗？

卢旺达这家中餐馆，有个很有趣的名字："好再来"。短短三个字，却体现了经营者满满的信心。

把这看法告诉老板刘志来，他"呵呵呵"地发出了豪迈的笑声，说道："嗳，开餐馆的人，把自己当成'卖瓜的老王'，死命打广告，是没有用的，菜肴本身是会发出呼唤的。好？再来！不好嘛，当然也就永不再来啦！"

言之成理。

不讳言，我第一次迈入这家餐馆，纯粹是受到餐馆"独特"的名字所吸引；结果呢，一吃钟情、再吃难忘，接着，在短短几天里，连续去了好几次，就是回应食物对我热切的呼唤。

"好再来"餐馆坐落于卢旺达的大城布塔雷（Butare）。

五十余岁的刘志来，既是餐馆日理万机的老板，又是精于厨艺的主厨。

他来自中国辽宁省，二十余年前，跟随一家建筑公司到肯尼亚当随行厨师，在首都住了两年，发现那儿的治安糟透了，日日活得像惊弓之鸟，因此，1998年，合同到期之后，他便不再续约。只身飞到卢旺达来，另谋发展。

"卢旺达社会安定，治安良好，是一个让人住得很安心的地方；就算是月黑风高的夜晚，单独在街上行走，也丝毫没有后顾之忧。"他的话，非常中肯地道出了卢旺达的现状。

卢旺达首都基加利中餐馆云集，刘志来在那儿勤勤勉勉地工作了许多年之后，有了积蓄，便到竞争不很强的布塔雷来，开设了这家"好再来"餐馆。

刘志来喜欢烹饪，自小便与香气氤氲的炊烟纠缠不清了。十九岁进入饮食培训学校，天生的潜能加上后天的努力、兴趣的驱策以及无穷的创意，他在烹饪的天地里如鱼得水。

一般来说，厨房分工极细，切工、盘饰、调酱、烹煮，都由不同的人负责，可是，刘志来却是"一脚踢"的，他无所不包、无所不能。他自豪地说："我是科班出身，受过正统训练的呀！"辽宁以海鲜驰名，单单一尾鱼，他便能以巧手衍生出万千菜式；可是，如今，来到了人人只喜欢吃炸鱼的卢旺达，他顿时觉得"英雄无用武之地"了。

我翻看菜单，都是些稀松平常的菜肴。点了春卷、酥炸猪排、铁板豆腐、菠萝鸡丁、牛肉炒面。品尝之后，我却惊异地发现，有熠熠亮光从味蕾中闪出。啊，把人人都能做的家常菜做出让人难忘的味道，才显真功夫呀！难能可贵的是，身在异乡，他却不肯稍稍放低对自己的要求。

每一道端上桌来的菜肴，食材新鲜，镬气十足。在国外的中餐馆，"橘逾淮为枳"的例子屡见不鲜，但是，刘志来坚持不让橘子变枳子。在他手中，橘是永远的橘，鲜亮、鲜甜、鲜丽。

他的用心，给他带来了难以预料的惊喜。

2003年，卢旺达现任总统保罗·卡加梅邀请他到总统府为五十名贵宾烹煮自助餐。宴会过后，总统保罗·卡加梅特地召见他，称赞他的厨艺，当时，他只会说一句卢旺达语"您好吗"，因此，除了局促地向总统问安之外，他完全无法和总统有任何语言的沟通与交流。这个遗憾，促使他在日后下了狠劲来学习卢旺达语。

如今，凭借一口流畅如水的卢旺达语，他已和当地人打成了一片。

那天，离开餐馆时，我说："再见呀！"他一语双关地说："好，再来呀！"

我会心地微笑。

第二天中午，我又出现在餐馆了……

# 银背大猩猩的故事

想看银背大猩猩的愿望，是多年以来暗藏于心的一颗种子，蓄势待发。

双足一踏上非洲大陆，我便知道，这个心愿对我来说，就不再是海市蜃楼了。

在卢旺达深不可测的丛林里，终于，在咫尺之遥，我看到了朝思暮想的银背大猩猩和它的大家族。

四目交投的那一刹那，我心跳如鼓。

在它干干净净的眼神里，我看到了毫不设防的无邪，我看到了明朗静谧的童真，像澄澈的阳光，像温柔的月光。

此刻，在相隔仅仅一两米的短距离里和我对视的庞然大物，是一头"银背家族"的成年雄性大猩猩。高约两米，背部有一束闪闪发亮的银色毛发，脚很长，手更长。它直直地向我走来，丛林导游朱莉压低嗓子说："别和它对视！"我赶快移开目光，它施施然地与我擦身而过。朱莉解释道，银背大猩猩有时会把人类的对视误会为一种"挑衅"的行为，为了自卫，或会发出袭击。

银背大猩猩是群居动物，每一群由一头银背成年雄性大猩猩领导。我们所看到的"银背领导"，总共拥有九名"妻子"和十五头小猩猩。

山地猩猩是素食者，这一刻，在温柔阳光的照射下，大大小小的猩猩或坐或站或攀爬在树上，嚼食的声音此起彼落，到处都是饱食的幸福。丛林里，可供选择的植物多达二百余种，有趣的是，如果吃笋太多，它们便会出现"醉笋"的现象，上蹿下跃，无时或停。朱莉表示，猩猩食量极大，日出时吃、日正中天时吃、日落时依然还在吃。嘻嘻，看起来，大猩猩比人类更懂得"民以食为天"的真谛啊！等到夜幕低垂时，胃囊饱胀的猩猩们才心满意足地酣眠于月色底下。

正看得兴味盎然时，突然听到"银背领导"对着一头小猩猩发出了愤怒的吼叫声，我吓了一大跳。熟知猩猩个性的朱莉笑了起来，说："家长在教训无知小孩啦！"原来猩猩组群里有个不成文的规定：有些特别美味的罕见植物，是要保留给长者的；可是，那个馋嘴的"小少年"却触犯了族规，因而惹得领导大发雷霆。

银背大猩猩被昵称为"温和的巨人"，它们的基因和人类相似，通谙人性。

朱莉告诉我们一则非常动人的故事。

性情凶猛而脾气暴戾的非洲水牛，侵袭性极强，伤人事件时有所闻。它们善于群起而攻，由一头成年雄性水牛带头，组成大方阵，以高达六十公里的时速，冲向攻击目标，把对方惨惨地践踏成肉泥，可说是非洲最危险的猛兽

尤今（中）在进入丛林前，与荷枪的警卫合影

之一。

　　那一回，朱莉和八名游客正在丛林里观赏大猩猩的千姿百态时，"银背领导"突然走向了她，焦急地发出了尖叫声。研究发现，银背大猩猩会通过二十五种不同的声音彼此进行沟通；而根据朱莉了解，一般低沉的咕噜声，是用以交谈的；呃呃的打嗝声，是饱食后满足的表现；隆隆的吼叫声，是用在纪律约束的；至于尖叫声嘛，就是警告的信号了。朱莉和猩猩长年相处，知道"银背领导"嗅到了危险的气息，因而毫不犹豫地领着游客以及大猩猩群组走向丛林安全的腹地。事情过后，从遗留下来的足迹，朱莉赫然知悉，有一大群水牛曾经路过这儿！银背领导在自救的当儿，也尝试拯救被它视为朋友的导游，可谓情尽义至了！

众所周知，银背大猩猩是濒危的稀有动物之一。20世纪80年代，在捕猎、疾病、战争以及失去栖息地种种不利因素的影响下，苟延残喘的银背大猩猩仅仅剩下两百多头，幸而美国一位动物学家戴安·弗西（Dian Fossey）适时地拉响了警钟。

戴安·弗西原本在美国肯塔基州的儿童医院工作，后来，兴趣转移，在英国剑桥大学考获动物学博士学位。

1963年，她到东非旅行，旅途上结识了人类学家李奇。在三千多米高的维龙加火山群上，她第一次接触到充满了灵性的银背大猩猩，对于它们的生活习性产生了强烈的兴趣。1966年，戴安·弗西接受李奇的邀请，重又来到了卢旺达，在维龙加山脉的丛林里，展开了银背大猩猩的研究工作。

妈妈对孩儿温柔地叮咛

导游朱莉小心翼翼地寻找大猩猩的足迹

　　起初，在丛林里的戴安·弗西只是偷偷地跟踪银背大猩猩，悄悄地观察它们的一举一动；后来，为了能够更好地接近它们，她模仿它们的声音，释放善意；渐渐地，取得了它们的信任。后来，猩猩们习惯了她的存在，也敞开心怀接纳了她。其中有一头名字唤作"迪吉特"（Digit）的雄性猩猩，还和她结交成朋友呢！

　　经过多年仔细地观察与研究后，戴安·弗西发现，银背大猩猩善良温驯、性喜和平，绝对不会主动地对人类发出攻击；除非是受到了挑衅，才为了自卫而使用武力。它们和传说中那凶猛残暴的恶兽是截然不同的。

1978 年，上述那头友善的猩猩迪吉特竟然被偷猎者残酷地杀死了，戴安·弗西如遭雷殛，伤心欲绝。岂料六个月之后，她熟悉的一整个大猩猩家族也被杀害了。义愤填膺的戴安·弗西正式向偷猎者升起了"宣战"的大旗帜，她积极组织巡逻队，高价悬赏捉拿偷猎者。她以沉重笔调写成的《反对猎杀山地猩猩》一文，在脍炙人口的《国家地理》杂志刊登后，全球瞩目，捐款纷至沓来。

1978 年，戴安·弗西运用捐款成立了"迪吉特基金会"（Digit Fund），并以此从事保护与研究银背大猩猩的工作。

1983 年，《迷雾中的大猩猩》（*Gorillas in the Mist*）一书面世，戴安·弗西在书中以生动翔实的笔调，叙述了她在卢旺达丛林研究银背大猩猩长达十八年的艰苦经历与成

天伦之乐

果，全面揭开了原本蒙在银背大猩猩身上的神秘黑纱。而后，根据这部书改编而成的同名电影，犹如当头棒喝，让全世界意识到银背大猩猩所面临的危机。

让人至为震惊而又至感难过的是，四处呼吁保护银背大猩猩的戴安·弗西，却未能保护自己。1985年，年仅五十三岁的她，在研究营地被枪杀，迄今仍未破案。

饱食后的满足

她的生命终结了，可是，她留在日记里的最后几句话，却成了醍醐灌顶的经典语言："当你了解了一切生命的价值，你就不会苦苦地纠结于过去，而会积极地致力于保护未来。"

戴安·弗西多年不懈的努力，并没有随着她的逝去而付诸东流。如今，银背大猩猩已被卢旺达政府及其他国际机构立法保护了。在20世纪80年代，全球银背大猩猩只剩下二百余头，目前，数目已达八百余头（四百零八头在卢旺达和刚果，四百头在乌干达），令人振奋的是，数目仍在不断地增加中。

乌干达政府在倾尽全力保护银背大猩猩之余，还一石二鸟地将"观赏大猩猩"发展为遐迩闻名的观光节目，借以增加收入——每名游客必须付出美金 750 元申请一张观赏许可证。有关方面相信，认识能促进了解，了解能激起关心，关心有利于保护。

卢旺达火山国家公园坐落于维龙加山脉，里面只有寥寥十个银背大猩猩组群，为了不要让蜂拥而来的游客干扰到它们日常的生活，公园管理局每天只允许十组游客（每组八名）进入丛林追寻它们的踪迹。一旦寻着了，每组只能有一个小时近距离的接触；之后，便得撤离了。

那天，我们一组八人在导游朱莉和荷枪监护人员的陪同下，进入了深不可测的丛林。地上蔓藤树根纠结，头顶枝丫树叶刮面；地势高高低低，凹凸不平；地面坑坑洼洼，泥泞不堪。我举步维艰，趑趄趔趄，三番几次摔倒在地，辛苦不堪。如此折腾了四五个小时后，忽然传来"佳音"，领头的监护人员在泥径中发现了大猩猩刚刚排下的濡湿粪便，这意味着大猩猩就在前面不远的地方了。大家精神大振，加快了脚步。

果然，走不多久，便看到了上述那头背部闪着银光的雄性大猩猩。它就直直地站在那儿，以长长的手臂抓着茂盛的树叶"咔嚓、咔嚓"地吃着。由它领导的二十余头猩猩，也散在不同的角落，吃吃吃、吃吃吃；对于我们这些好奇的围观者，连眼皮也懒得抬一抬。有一头母猩猩，亲昵地抱着幼婴在哺乳；另一头小猩猩，吃饱了之后，惬意地躺在地上，露出了圆滚滚的肚皮。

啊，这是一个没有恐惧、没有忧虑、没有暴力、没有饥饿的地方，这是一个充满了爱和温情的世外桃源。

我的耳畔，忽然响起了戴安·弗西的话："当你了解了一切生命的价值，你就不会苦苦地纠结于过去，而会积极地致力于保护未来。"

戴安·弗西恬和的笑脸，也在这时清清楚楚地从猩猩群中闪现出来了……